Christof W. Burckhardt · Der Roboter

Christof W. Burckhardt

Der Roboter

Kriminalroman

Die Deutsche Bibliothek - CIP-Einheitsaufnahme
Burckhardt, Christof W.: Der Roboter : Kriminalroman / Christof W. Burckhardt
ISBN 978-3-8334-7183-4
NE: GT

ISBN 978-3-8334-7183-4
Erste Auflage
1998

Satz und Lektorat: Jutta Orth
Herstellung und Verlag: Books on Demand GmbH, Norderstedt

Printed in Germany

Meiner Frau und Mitarbeiterin Ruth

Ein Assistent erschlagen

Es ist Montag gegen halb zwölf an einem trüben Tag im November. Professor Wyss, der Leiter des Institutes für Robotik der Technischen Hochschule in Zürich legt den Telefonhörer auf, erhebt sich und richtet sich an seine Sekretärin im anliegenden Zimmer:
„Frau Hotz, schauen Sie doch bitte mal nach, was mit Lohmann los ist. Ich möchte ihn sprechen. Ich weiß, daß er da ist, aber er nimmt sein Telefon nicht ab."
„Sofort!" sagt sie, nimmt den Hörer des Diktiergerätes vom Kopf und eilt beflissen in den Korridor hinaus.
Professor Robert Wyss, eine große Erscheinung mit Brille, Anfang sechzig, bleibt gedankenvoll stehen und sinnt über die Qualitäten seiner Sekretärin nach: 'Wie ist es doch angenehm, einen Menschen um sich zu haben, der auf jeden Wink gehorcht, quasi eine Erweiterung der eigenen Person.' Sie ist klein, blond, lebhaft und trägt eine Brille, eine Brille für Weitsichtige, die ihre großen Augen noch größer erscheinen läßt.
Durch einen Schrei wird der Professor aus seinen Gedanken aufgeschreckt, durch den Schrei einer weiblichen Stimme aus der Richtung von Nelson Lohmanns Zimmer. Er überlegt, was geschehen sein könnte. Ist Frau Hotz belästigt worden? Wurde sie von einem Hund gebissen? Ist sie gestürzt? Es ist unwahrscheinlich, was einem in solchen Augenblicken alles durch den Kopf geht. Schon kommt Frau Hotz mit eiligen Schritten auf ihn zu und berichtet mit aufgeregter Stimme:
„Kommen Sie, kommen Sie bitte! Es ist ein schwerer Unfall passiert. Lohmann liegt wie tot in einer Blutlache auf dem Boden in seinem Labor Es sieht aus, als habe ihn der Roboter erschlagen."

„Erzählen Sie keinen Unsinn", sagt Wyss mit seiner üblichen nüchternen Stimme und eilt in Richtung von Lohmanns Arbeitsraum. Dort haben sich bereits einige durch den Schrei der Sekretärin neugierig gewordene Personen des Institutes eingefunden. Wyss bittet um Ruhe und stellt mit Erleichterung fest, daß die mit einer großen Wunde am Kopf regungslos am Boden liegende gedrungene Gestalt Lohmanns noch schwach atmet. Über dem Körper schwebt der große orangefarbene Arm eines Roboters. Professor Wyss bittet die Anwesenden, die an Zahl ständig zunehmen, nichts zu berühren. Er drückt auf einen pilzförmigen Knopf an der Schalttafel, um den Strom der Steuerung des Roboters auszuschalten, und geht zum Telefon, bittet die Telefonistin um die Verbindung mit dem Notfalldienst und meldet diesem die Sachlage in wenigen Worten. Da er dem Verletzten keine weitere Hilfe bieten kann, ruft er dann den Institutsmechaniker Keller an, der nebenbei die Funktion eines Hausfotografen innehat, mit der Bitte, sofort vorbeizukommen mit einem Fotoapparat mit empfindlichem Schwarzweißfilm. Schließlich schickt er alle Anwesenden aus dem Raum und schließt die Türe, damit Keller in aller Ruhe einige Aufnahmen machen kann. Nach einigen Minuten packt Keller seine Geräte wieder zusammen und verspricht, die Aufnahmen rasch zu entwickeln und gleich einige Vergrößerungen anzufertigen.
Allein mit dem Assistenten in der Blutlache im Arbeitszimmer, versucht der Professor, seine Gedanken zu sammeln. Da läutet das Telefon auf dem Arbeitstisch von Lohmann. Wyss hebt ab, und die freundliche Stimme der Sekretärin meldet:
„Herr Professor, kann ich etwas für Sie tun?"
„Kommen Sie bitte hier vorbei!"
Auf ihr Klopfen hin öffnet Wyss seiner Sekretärin die Türe. Sie kommt mit steifen Bewegungen durch die Türe:
„Es ist schrecklich, was hier geschehen ist!"
„Verbinden Sie mich mit dem administrativen Direktor der Hochschule!"

Nach einer kurzen Information über den Sachverhalt legt Wyss den Hörer auf und atmet tief durch. Das akustische Signal einer Ambulanz nähert sich von weitem und verstummt offensichtlich vor dem Eingang des Institutes. Vor der Türe im Korridor haben sich die Neugierigen versammelt. Die wildesten Hypothesen werden diskutiert, und der Lärm der Gespräche steigt, bis die zwei weißgekleideten Mitarbeiter der Ambulanz erscheinen und an die Türe klopfen. Professor Wyss läßt die beiden weißen Gestalten hereinkommen, stellt sich vor als Leiter des Institutes und schließt erneut vor den Neugierigen die Türe. Mit einem Stethoskop wird der Bewußtlose von einem der Weißen untersucht, während der andere mit der Sekretärin die Personalien Lohmanns aufnimmt.

„Wir können Ihnen noch nichts über seinen Zustand sagen, aber Sie werden im Laufe der nächsten Stunde vom Kantonsspital Bericht erhalten."

Wyss kramt eine Visitenkarte aus seiner Westentasche und reicht sie dem Sprechenden mit der Bemerkung:

„Ich werde seine Angehörigen benachrichtigen."

„Danke! Sie werden gelegentlich Besuch von der Polizei erhalten, die über die Ursachen des Unfalls informiert sein möchte."

Quasi zum Betonen dieser Aussage wird mit einer weißen Kreide auf dem Boden der Umriß des daliegenden Körpers gezeichnet, während Lohmann eine Spritze erhält, bevor er vorsichtig auf eine Trage gehoben und weggetragen wird. Mit verärgertem Gesicht richtet sich Wyss an Frau Hotz:

„Jetzt haben wir dann die Polizei im Haus. Das schadet unserem Ruf und wird uns viel Ärger machen. Wen von seiner Familie muß ich benachrichtigen? Soviel ich weiß, hat Lohmann in Zürich ein Zimmer, aber seine Familie wohnt anderswo.

„Ja, übers Wochenende ist er jeweils bei seiner Frau und seinem Buben in Lausanne, wo er seinen offiziellen Wohnsitz hat.

„Soll ich die Frau anrufen, soll ich ihr schreiben? Was erzähl' ich ihr? Handelt es sich um einen Unfall? Sie wird wissen wollen, was genau passiert ist."

„Machen Sie sich keine Sorgen. Wir werden sie gleich anrufen, ohne auf irgendwelche Einzelheiten einzugehen."

Ein Unbehagen überkommt Professor Wyss angesichts all der Ungewißheiten, verstärkt durch den wachsenden Lärm der Menge von Leuten vor der Tür. Dann sagt er:

„Ich muß die Lage beherrschen. Vielleicht handelt es sich wirklich um einen Unfall, eine Unachtsamkeit von Nelson Lohmann. Das ist wenig wahrscheinlich, er ist ein zuverlässiger Mann, der wohlüberlegt handelt. Die Roboter sind heute auch zuverlässig. Handelt es sich vielleicht um eine kriminelle Handlung? Ist etwa der Roboter nicht im Spiel? Ist Lohmann von jemandem mit einem harten Gegenstand auf den Kopf geschlagen worden? Möglicherweise steht der Schuldige draußen im Korridor und wartet darauf, in diesem Zimmer seine Spuren zu verwischen."

Die Sekretärin nickt mit einem Seufzer.

„Oder ist der Roboter von jemandem für den fatalen Schlag programmiert worden? Vielleicht wartet jetzt jener, der den Roboter programmiert hat, darauf, das mörderische Programm zu löschen."

Mit einem tragischen Ausdruck nickt Frau Hotz, und er fährt fort:

„Ich kann doch jetzt nicht ständig als Wachhund in diesem Zimmer bleiben, um herauszufinden, was für ein Programm auf dem Computer möglicherweise den Roboter in diese verhängnisvolle Bewegung gebracht hat. Ich muß die Aufgabe an jemanden übertragen, zum Beispiel an einen der Assistenten. Aber ich wüßte nicht, an welchen. Es könnte ja irgendeiner der anderen Assistenten des Institutes der Schuldige sein, und ich weiß wirklich nicht, wem ich die Überwachung dieses Arbeitszimmers anvertrauen könnte."

„Lassen Sie doch das die Sache der Polizei sein!"

„Ein Polizist versteht kaum etwas von Computern, geschweige denn von Robotern!"

Kaum gesagt, als ein energisches Klopfen ertönt und in der Tür ein stattlicher Polizist in Uniform erscheint, etwa vierzig Jahre alt, mit Schnurrbart und grauem Haar.

„Mein Name ist Hans Hofer. Ich möchte mich über die Begleitumstände des Unfalls von Herrn Nelson Lohmann informieren. Sie sind wohl Professor Robert Wyss, der Leiter des Institutes für Robotik?"

Wyss erhebt sich, streckt Hofer zum Gruß die Hand hin:

„Der bin ich, und dies ist meine Sekretärin, Frau Sarah Hotz."

Die drei nehmen auf den herumstehenden Stühlen Platz; der Polizist öffnet sein Notizheft und beginnt gleich Fragen zu stellen, zunächst einige zur Person Nelson Lohmann und zu seinem Anstellungsverhältnis, dann, ganz naiv:

„Was ist Ihre Aufgabe hier am Institut?"

„Wir sind ein Institut für Robotik. Neben dem Unterricht beschäftigen wir uns mit der Entwicklung von Industrierobotern und mit ihren Anwendungsmöglichkeiten in der Industrie."

Hans Hofer notiert eifrig und fragt dann weiter:

„Sind das die Roboter, die wie Menschen aussehen, und die man am Fernsehen in Filmen sehen kann?"

„Nein. Die Roboter, die uns hier interessieren, werden seit etwa dreißig Jahren in Fabrikbetrieben eingesetzt, um die Arbeiter von gefährlicher oder monotoner Arbeit zu befreien. Sie haben vielleicht schon gesehen, in natura oder am Fernsehen, wie heute Autokarosserien von Industrierobotern zusammengeschweißt werden. Wenn Sie wollen, kann Ihnen Frau Hotz ein kurzes Video zeigen mit einigen typischen Robotereinsätzen in der Industrie. Die verwendeten Roboter sehen nicht menschenähnlich aus. Sie sehen häufig etwa so aus wie der orange Arm, den sie vor sich haben. Im Einsatz gleichen sie eher großen Vögeln!"

„Es interessiert mich, Ihre Videos zu sehen, aber ich möchte das auf einen späteren Zeitpunkt verlegen!"

„Die Anwendung dieser selbsttätigen Arme, die uns hier am Institut besonders interessiert, ist ihre Verwendung in der Montage, das heißt zum Zusammenfügen von Bauteilen bei der Herstellung von Geräten. Die Arbeit von Nelson Lohmann, eine Arbeit zur Erlangung der Doktorwürde, betrifft dieses Gebiet!"

„Ich danke Ihnen für all diese Erklärungen. Ich möchte aber jetzt auf den Unfall zurückkommen. Wie hat sich das Ganze abgespielt?"

Daraufhin Frau Hotz:

„Nachdem Nelson Lohmann auf die Telefonanrufe des Professors keine Antwort gegeben hat, habe ich bei ihm an die Türe geklopft und bin dann eingetreten. Ich bin von dem unerwarteten Anblick derart erschrocken, daß ich einen lauten Schrei ausgestoßen habe!"

„Wann war das?"

„Kurz nach halb zwölf."

Hier bemerkt Wyss:

„Ich habe Lohmann etwa um elf gesehen, wie er die Treppe heraufkam, um sich in sein Zimmer zu begeben. Etwa um zwanzig nach elf habe ich zum ersten Mal versucht, ihn anzurufen. Der Unfall muß in dieser Zeitspanne geschehen sein!"

Hans Hofer notiert und fährt dann fort:

„Kann sonst jemand etwas gehört haben?"

„Das wissen wir nicht; unsere Büros sind auf der anderen Seite des Gebäudes. Da müssen Sie die Leute in den Arbeitszimmern nebenan befragen: hier rechts Doktorand van Huysen und auf der anderen Seite die Informatikerin Fabienne Dupont."

„Das werde ich anschließend tun. Jetzt möchte ich Ihnen, Herr Professor, eine wichtige Frage stellen, welche die Polizei bei allen schweren Unfällen stellen muß. Worauf kann der Unfall von Herrn Lohmann zurückgeführt werden? Ist es denkbar, daß eine kriminelle Hand im Spiel ist?"

„Das ist nicht ausgeschlossen. Vielleicht ist einfach jemand in Lohmanns Zimmer gekommen und hat ihn mit einem Hammer oder einem anderen harten Gegenstand niedergeschlagen."

„Und dieses große, orangefarbene Ding hier?" fragt Hofer, indem er auf den Arm des Roboters deutet, der sich oberhalb der mit Kreide bezeichneten Stelle befindet, wo Lohmann hingefallen war. An der Lage der Blutlache ist erkenntlich, wo der Kopf Lohmanns gelegen hat. „Das ist eben der Industrieroboter, mit dem Lohmann gearbeitet hat. Der könnte den Schlag ausgeführt haben. Zum Beispiel in Folge einer falschen Bedienung oder einer technischen Störung."

Hofer notiert und spricht mit:

„Falsche Bedienung oder technische Störung."

Und dann:

„Könnte nicht dieser Roboter verrückt, das heißt geisteskrank geworden sein. Könnte es nicht eine absichtliche, bewußte Tat dieses Industrieroboters gewesen sein?"

Der Professor lächelt:

„Der Roboter hat kein Bewußtsein, er ist eine unintelligente Maschine, welche stur die Befehle ausführt, die sie von außen erhält; er wird von einem Computer gesteuert - von diesem Gerät hier. Der Computer wird von einem Menschen programmiert. Ich weiß aus langer Erfahrung, daß die Menschen viel eher als die Maschinen verrückt werden. Ich hab' in meiner Umgebung schon einige Menschen getroffen, die hochintelligent sind, aber die Sie vielleicht als geisteskrank bezeichnen würden. Nun zurück zu unserem Problem. Ich habe den Computer mit Absicht nicht ausgeschaltet, damit man analysieren kann, was für ein Programm zur Zeit des Unfalls darin gelaufen ist."

Hierauf Hofer:

„Was geschieht, wenn man den Computer ausschaltet?"

„Dann wird wahrscheinlich das gerade laufende Programm gelöscht, sofern es nicht abgespeichert worden ist."

„Wir dürfen also den Computer nicht ausschalten."

„Das ist so. Er muß eingeschaltet bleiben, bis ein Spezialist das laufende Programm analysiert hat."

„Wer ist imstande, ein solches Programm zu analysieren?"

„Praktisch alle unsere Assistenten und wissenschaftlichen Mitarbeiter."

In dem Moment geht das Licht aus, die kleinen Leuchtpunkte am Computer verlöschen, und der große Bildschirm wird dunkel. „Verflucht!" hört man Wyss. Nach kurzer Zeit geht das Licht wieder an. „Frau Hotz, gehen Sie sofort mit dem Herrn Hofer in das Kellergeschoß, um herauszufinden, welche Person den Hauptschalter des Institutes betätigt haben könnte!"

Robert Wyss ist allein. Die Geräusche aus dem Korridor sind abgeklungen. Die Neugierigen haben sich verzogen. Das süßliche Gefühl der schwindenden Realität überkommt ihn. Wyss schaut von weit weg durch wilde Traumbilder hindurch auf die Blutlache. Er möchte dem stummen, demütig vor ihm geneigten Roboterarm sagen können: 'Was hast du Dummes getan?' Allmählich kommt er wieder in die reale Welt zurück. Er schaut im Zimmer herum, nach einem Gegenstand suchend, der sonst als mögliche Mordwaffe in Frage kommen könnte, nach einem Hammer oder einem anderen schweren Werkzeug. Sein Blick bleibt auf dem Roboterarm haften. Der vorderste Teil ist ein metallischer Greifer, mit welchem der Roboter wie mit einer Hand einen Gegenstand ergreifen kann. Wenn der Roboter zugeschlagen hat, dann muß dieser stählerne Greifer an die Schläfe von Lohmann geschlagen haben. Dann müßte man eigentlich an diesem Greifer Spuren erkennen können. Wyss zieht seine Brille ab, um besser in die Nähe sehen zu können, und schaut sich den Greifer an, ohne ihn zu berühren. Er erkennt weder Blut noch Haare und setzt seine Brille wieder auf.

Nach einem Klopfen an der Türe kommt Hans Hofer wieder ins Zimmer:
„Frau Hotz hat das Kellerlokal mit ihrem Institutsschlüssel aufgeschlossen. Wir haben niemanden getroffen!"
„Ich weiß, dieses Lokal mit dem Hauptschalter hat ein Türschloß, das mit allen Zimmerschlüsseln des Institutes aufgemacht werden kann."
„Die Verplombung des Hauptschalters ist abgerissen worden. Auffallend im Kellerlokal war der Geruch nach Rauch, und

zwar nach frischem Zigarettenrauch. Wir haben nach Zigarettenstummeln gesucht und auch welche gefunden, aber wahrscheinlich von einem früheren Besucher; sie waren kalt!"

Wyss faßt zusammen:
„Es sieht so aus, als hätte ein Mitglied des Roboterinstitutes, ein Zigarettenraucher, den Roboter für den Schlag programmiert und jetzt versucht, durch Stromunterbrechung das Programm wieder zu löschen, damit man ihm nichts nachweisen kann. Die Zigarettenstummel stammen von einem früheren Besuch der gleichen Person, der wahrscheinlich der Überprüfung der Lage und der Entfernung der Verplombung des Schalters gedient hat."
Hans Hofer wird von einem Grausen gepackt. Alle diese jungen Leute mit ihren Computern machen ihm angst; es wird ihm zudem klar, daß er der Aufklärung dieses verwickelten Falles mit zahlreichen technischen Aspekten nicht gewachsen sein könnte.
In dem Moment läutet das Telefon. Wyss nimmt ab. Frau Hotz vermittelt einen Anruf aus dem Kantonsspital mit der Meldung, daß sich Nelson Lohmann immer noch im Koma befinde. Die Röntgenuntersuchung habe gezeigt, daß er eine leichte Schädelfraktur an der linken Schläfe habe. Sein Leben sei jedoch nicht in Gefahr. Vorderhand bleibe er auf der Intensivstation des Kantonsspitals.
Es klopft an der Tür, und Frau Hotz tritt ein. Sie bringt die Vergrößerungen, die Keller, der Institutsfotograf, von dem am Boden liegenden Lohmann gemacht hat und möchte wissen, was das Kantonsspital zu melden habe. Beiläufig fragt sie, ob der Herr Professor nicht gelegentlich etwas essen möchte, es sei schon Viertel nach eins.
„Ich werde jetzt versuchen, Frau Lohmann telefonisch zu erreichen, um sie über den unglücklichen Vorfall zu informieren. Es ist anzunehmen, daß Lohmann bald wieder zu sich kommen wird. Er wird uns über den Hergang des Unfalls etwas erzählen können", sagt darauf Wyss und fügt, an Frau Hotz gerichtet,

hinzu: „Nach dem Anruf lade ich Sie zu einem kleinen Lunch in der Kantine ein!"

Hans Hofer dankt für die Vergrößerungen, die ihm Wyss übergibt, und verabschiedet sich von den beiden mit der Bemerkung:

„Ich werde meinen Chef, Kommissar Sprenger, per Telefon informieren und eine Gruppe des technischen Dienstes für die Spurenanalyse kommen lassen. Es wird jedenfalls dafür gesorgt, daß das Zimmer vorderhand ständig bewacht bleibt. So wie ich die Lage beurteile, wird eine kompetentere Person die Untersuchung übernehmen. Diese Person wird wohl die Videos über Roboteranwendungen sehen wollen!"

Sprenger verteilt die Rollen

Kurz nach vier Uhr läßt Sprenger, der Chef der Kriminalpolizei, Esther Correvon, eine junge Kommissarin, in sein Büro im Amtshaus bei der Rudolf-Brun-Brücke kommen. Er ist ein großer, etwas korpulenter Mann im besten Mannesalter, der über eine natürliche Autorität verfügt. Er hat lebhafte dunkle Augen, eine Glatze, ansteigende buschige Augenbrauen und einen Schnurrbart.

„Wir haben einen schwierigen Fall vor uns. Heute Vormittag ist am Institut für Robotik an der Technischen Hochschule ein rätselhafter Vorfall aufgetreten. Ein Doktorand des Institutes, Nelson Lohmann, ist in seinem Arbeitsraum bewußtlos in einer Blutlache am Boden liegend aufgefunden worden. Gewisse Indizien lassen vermuten, daß es sich um ein Verbrechen handeln könnte. Ich brauche eine junge Person. Je jünger, desto leichter macht man sich mit Computern vertraut. Andererseits sollte die Person ein Minimum an Berufserfahrung haben. In Anbetracht der Wichtigkeit eines menschlichen Kontaktes mit den Assistenten des Roboterinstitutes sollte die junge Person am besten weiblich sein. Frau Correvon, mit dem erfolgreich abgeschlossenen Fall 'Jan Diener' haben Sie gezeigt, daß Sie mit menschlichen und technischen Problemen zurechtkommen; zudem haben Sie kürzlich den Einführungskurs für Informatik absolviert. Können und wollen Sie den Fall Nelson Lohmann übernehmen?"

Esther Correvon, eine junge, hübsche Frau mit kurzem braunem Haar und einem diskreten Make-up, nickt und errötet, denn sie hatte bereits von dem Vorfall gehört und hatte heimlich gehofft, den Fall übernehmen zu können, aber hatte einen solchen Vorschlag von ihrem eher frauenfeindlichen Chef nicht erwartet.

„Ich werde es gerne tun!"

„Ich danke Ihnen. Gehen Sie bitte sofort an die Arbeit. Damit Sie rasch vorankommen, teile ich Ihnen zwei Mitarbeiter zu, die Herren Hans Hofer und Daniel Wirz, die wir gleich kommen lassen!"

Nach einer kurzen Begrüßung der Eintretenden fährt Sprenger fort:

„Korporal Hofer wird nun kurz berichten, was er bis jetzt festgestellt hat. Anschließend steht er für Fragen zur Verfügung, dann werden wir uns organisieren und festlegen, wer was tun wird!"

Hans Hofer beginnt zu erzählen, wie er vom Notfalldienst aufgeboten wurde, um den gemeldeten Unfall routinemäßig zu erledigen, wie er den Chef des Institutes, Professor Wyss, und seine Sekretärin, Frau Hotz, getroffen hatte und was dann sonst noch geschehen war, insbesondere die Geschichte mit der Stromunterbrechung.

„Ich habe mich dann erkundigt; in den anderen Instituten der Technischen Hochschule ist in der kritischen Zeit kein Stromausfall aufgetreten. Ferner habe ich die Personen in den Lohmanns Arbeitszimmer benachbarten Räumen befragen können, was sie gehört haben. Im Nebenzimmer hat ein Assistent, Rolf van Huysen, einiges gehört.

Schon vor elf Uhr habe bei Nelson Lohmann das Telefon geläutet. Als Nelson Lohmann um elf ins Zimmer gekommen sei, habe er es abgenommen, und es sei eine ganz kurze Konversation erfolgt, von der er, Rolf van Huysen, aber nichts verstanden habe. Dann sei es ruhig gewesen nebenan, bis etwa um Viertel nach elf das Geräusch eines auf den Boden fallenden Körpers aufgetreten sei, dem er aber keine Bedeutung zugemessen habe.

Die Frage, ob er vor diesem Geräusch Stimmen oder das Öffnen der Türe gehört habe, hat er negativ beantwortet. Kurz nach dem fallenden Geräusch habe er das Telefon einige Male wahrgenommen und dann den lauten Schrei der Sekretärin."

Hierauf Sprenger:

„Was sind Ihre Folgerungen?"

„Daß wahrscheinlich Nelson Lohmann vom Roboter erschlagen worden ist!"

Auf die Frage von Esther Correvon, wie denn ein solcher Roboter aussehe, läßt Hans Hofer die vom Institutsmechaniker Keller angefertigten Aufnahmen, auf denen der Roboterarm ersichtlich ist, zirkulieren und gibt eine kurze Beschreibung ab:

„Er ist orange, ein großer Arm auf einem drehbaren Sockel. Er ist über ein Kabel mit einem Apparateschrank verbunden, der seinerseits an einen Computer angeschlossen ist. Darum herum gibt es noch einige andere Apparate wie Fernsehkameras und ähnliches!"

Darauf eine Frage von Sprenger:

„Was hat unser technischer Dienst gefunden?"

„Die Herren haben zu Anfang des Nachmittags ihre Arbeit aufgenommen und untersucht, ob am Greifer des Roboterarmes Haare oder Blutspuren vorhanden seien, aber bis jetzt ohne Erfolg. Wir sollten die Wunde am Kopf Lohmanns ansehen können. Auf den bestehenden Fotografien sieht man zu wenig Einzelheiten."

„Bevor wir weitere Fragen beantworten, möchte ich sicher sein, daß sich jetzt jemand aus unserem Dienst am Unfallort befindet."

„Einer der Mitarbeiter des technischen Dienstes ist in Lohmanns Arbeitszimmer, um sicherzustellen, daß niemand am Computer manipuliert, bevor der Inhalt der gespeicherten Programme analysiert worden ist. Er benutzt diese Gelegenheit, um im ganzen Arbeitsraum und speziell auf der technischen Anlage Fingerabdrücke zu nehmen."

Esther Correvon stellt zwei weitere Fragen:

„Hofer hat festgestellt, daß Fernsehkameras im Labor installiert sind. Ist es nicht möglich, daß eine der Kameras die Szene des Unfalls aufgenommen und registriert hat?"

„Das soll abgeklärt werden", meint Sprenger.

„Konnte man feststellen , von welcher Teilnehmernummer der Anruf gerade vor dem Unfall stammt?"

„Ja, das konnte ich auf der Telefonzentrale ermitteln. Es war der Anruf aus einer Telefonzelle auf dem Gelände der Hochschule!"

Dann zeichnet Sprenger auf einem Papier die wesentlichen Punkte für den Beginn der Untersuchung auf.

1. Besuch von Lohmann im Spital. Feststellung des Zustandes des Patienten. Wann wird es möglich sein, ihn auszufragen? Und, falls möglich, Großaufnahme der Wunde.
2. Privatleben von Nelson Lohmann mit allen Aspekten erforschen.
3. Berufsleben von Lohmann erkunden. Ausfragen der Mitarbeiter am Institut. Hatte Lohmann Feinde?
4. Team aufstellen zur Analyse des Roboter-Computer-Programmes.

Sprenger kommentiert:

„Punkt 1 und 2 wie üblich, sie sollten keine Schwierigkeiten bereiten. Punkt 3 weicht vom üblichen insofern ab, daß wir es mit einer staatlichen Stelle zu tun haben. Da ist man mit unserer Arbeit der Öffentlichkeit ausgeliefert. Zudem haben wir die psychologische Besonderheit, daß die beteiligten Personen junge Leute sind in den Zwanzigern. Der Punkt 4 scheint der ausgefallenste zu sein. Hier brauchen wir jemanden mit Kenntnissen der Informatik, jemanden, der sich rasch in dieses technische Gebiet der Computer und der Roboter einarbeiten kann. Ein Fall für Sie, Frau Correvon!"

Nach dieser Aufmunterung steht Sprenger auf und verabschiedet sich von den dreien.

Esther Correvon ist dreißig Jahre alt und seit etwas über fünf Jahren bei der Polizei. Sie hat den Ruf einer intelligenten, lebhaften, oft etwas aggressiven Frau. Sie lebt allein in einem Studio und ist nicht verheiratet. Das hat nicht zu bedeuten, daß sie sich nicht für Männer interessiert, aber die jungen Männer sind ihr allgemein zu fade, zu farblos, und die älteren Männer, die ihr gefallen, sind immer schon verheiratet. Auch Hans Hofer ist einer von den zahlreichen verheirateten Männern, die ihr gefallen, aber die Beziehung ist die einer fachlichen Kameradschaft - auch wenn sie genau gemerkt hat, daß Hans Hofer eine besondere Zuneigung zu ihr hegt. Esther Correvon nimmt ihre Arbeitsgruppe beiseite in ihr Zimmer. Nach einer kurzen Besprechung wird beschlossen, daß Hans Hofer, der erfahrene Praktiker, sich diskret der Untersuchung des Privatlebens von Nelson Lohmann annehmen soll, während Daniel Wirz, als Anfänger bei der Polizei, zunächst Kontakt mit dem Spital aufnehmen wird. Hier unterbricht Hans Hofer:

„Ich sollte Nelson Lohmanns Schlüssel benutzen können. Wer hat seinen Schlüsselbund?"

Durch einen Anruf im Spital wird ermittelt, daß die Polizei den gesuchten Schlüsselbund am Eingang Rämistraße des Spitals abholen kann. Der anschließende Versuch, Professor Wyss per Telefon zu erreichen, ist erfolgreich. Es wird eine Zusammenkunft auf Dienstag morgen um 8.15 Uhr im Seminarraum des Roboterinstitutes vereinbart, an welcher möglichst alle Mitglieder des Roboterinstitutes, das heißt etwa vierzig Personen, teilnehmen sollten. Esther Correvon bittet ihre Mitarbeiter, an dieser Besprechung in Zivil teilzunehmen. Dies im Interesse der Erleichterung des menschlichen Kontaktes. Dann gibt sie Daniel Wirz einen zusätzlichen Auftrag:

„Lohmanns Arbeitszimmer muß im Anschluß an die Arbeit des technischen Dienstes sogleich verriegelt werden, für zwei bis drei Tage, bis die Analyse des Computers durchgeführt werden kann. Und nun gute Nacht. Auf Wiedersehen bis morgen früh im Roboterinstitut."

Abends beschäftigt sich Esther Correvon mit der Beschaffung von Informationen über die Technische Hochschule. Sie findet einiges mittels WWW (world wide web) auf ihrem Computer, den sie neuerdings zu Hause besitzt. Sie erfährt, daß Professor Robert Wyss der einzige Professor am Institut für Robotik und zudem dessen Leiter ist. Sie nimmt Kenntnis davon, daß er zweiundsechzig Jahre alt ist, in Zürich studiert und in Boston promoviert und als Maschineningenieur in der Industrie der USA und der Schweiz auf dem Gebiet der Automatisierung der Produktion gearbeitet hat. Sie findet auch die Liste aller Doktoranden und anderen Mitarbeiter am Institut sowie eine Aufzählung neuerer Publikationen, mit Titeln, die ihr allerdings nichts sagen.

Der Professor ist verärgert

Am nächsten Morgen macht sich Esther Correvon früh auf den Weg, um in dem Labyrinth der Technischen Hochschule mit Sicherheit den richtigen Saal zu finden. Es ist noch dunkel; im Freien ist alles feucht, der Tag verspricht ein für das Schweizer Mittelland typisches Novemberwetter. Mit der Straßenbahn erreicht sie das Hauptgebäude der Technischen Hochschule, das sie durchquert. Sie wundert sich, wie das an sich schöne Gebäude innen mit Treppen und Hörsälen verbaut ist, und geht dann suchend die Leonhardstraße hinunter, bis sie die richtige Nummer findet. An dem älteren Backsteinbau, der wie eine Fabrik oder gar eine Bierbrauerei aussieht, findet sie die Tafel mit der Aufschrift „Institut für Robotik, Professor Dr. Robert Wyss".

Mühsam stößt sie die schwere Holztüre auf und befindet sich in einer schmucklosen Eingangshalle im Halbdunkel. Mit dem leuchtenden Druckknopf schaltet sie das Licht ein und findet schließlich eine Tafel mit den Angaben der Räume und ihrer Bestimmungen. Sie schaut auf die Uhr und konstatiert, daß sie noch über mehr als eine halbe Stunde bis zu der vorgesehenen Zusammenkunft verfügen kann.

Während sie unschlüssig vor der Tafel steht, kommt durch die Tür ein älterer Herr auf sie zu und fragt höflich:

„Kann ich Ihnen helfen? Suchen sie etwas?" Und dann, nach einer Weile: „Sind Sie von der Polizei?"

„Ja, das bin ich. Mein Name ist Esther Correvon, und ich leite die Untersuchung zum Unfall von Herrn Lohmann."

„Mein Name ist Robert Wyss. Ich leite dieses Institut, an dem sich der Unfall ereignet hat. Ich habe mich soeben maßlos geärgert! Am Zeitungskiosk lese ich die Schlagzeile: 'Technische Hochschule - Roboter schlägt zu'. Schauen Sie sich das an!"

Er hält ihr ein Zeitung unter die Nase, und sie liest:

Der Roboter schlägt zu

Gestern, das heißt am Montag vormittag, ist am Institut für Robotik der Technischen Hochschule ein schwerer Unfall mit einem Industrieroboter zugestoßen. Ein wissenschaftlicher Mitarbeiter, N. L., hat kurz nach 11 Uhr seine Roboteranlage in Betrieb gesetzt und ist anschließend vom Roboterarm durch einen kräftigen Schlag am Kopf verletzt worden. Das Opfer, verheiratet und Vater von einem dreijährigen Knaben, befindet sich mit einer Schädelfraktur in einem kritischen Zustand im Kantonsspital. Unsere Nachforschungen haben ergeben, daß am Institut von Professor Wyss eine allgemeine Unordnung und eine Nachlässigkeit in Sicherheitsfragen herrscht. Es ist bekannt, daß Industrieroboter gefährlich sein können (siehe eingerahmter Artikel).

Roboter können gefährlich sein

Die Industrieroboter, die seit den siebziger Jahren in den Industrieländern Verbreitung finden und heute mit einer halben Million Exemplare auf unserem Planeten installiert sind - die Hälfte davon in der Automobilindustrie - fordern ihre Opfer. Schon 1978 kam die erste Meldung aus Japan von einem Arbeiter, der von einem Roboter erdrückt worden ist. Weltweit erreicht zur Zeit die Gesamtzahl der Todesopfer von Roboterunfällen hundert. Mit welchen Sicherheitsvorkehrungen der Mensch vor den Launen des Roboters geschützt werden kann, weiß man heute; doch gibt es immer wieder Fälle, wo elementare Aspekte der Sicherheit vernachlässigt werden.

„Da hat mir ein frecher Kerl eins ausgewischt. Die Tatsache des Unfalls ist an sich schon tragisch genug; da brauche ich nicht noch so einen hinterhältigen Angriff. Ich muß herausfinden, wer hinter dieser infamen Anschuldigung steckt. Gewisse Zeitungen sind glücklich, wenn sie jemanden vernichtend kritisieren können. Gestern nachmittag hat mich ein Redakteur der Zeitung angerufen, um Näheres über den Unfall zu erfahren. Ich hab' ihn daraufhin gefragt, von wem er die Information erhalten habe. Da wollte er mir keine Auskunft geben, woraufhin ich ihm auch nichts weiter mitgeteilt habe."

Esther Correvon schaut sich den Mann an. Er lebt offenbar noch in einer alten Welt und hat noch nicht begriffen, wie wichtig bei so unvorhergesehenen Geschehnissen die Zusammenarbeit mit den Medien ist. Er wirkt einerseits alt und unbestimmt in seinen Bewegungen, andererseits wirkt er belebt unter dem Einfluß seines Ärgers. Sie geht beschwichtigend auf die Sache ein:

„Sie haben ja gewisse Argumente, daß es sich beim Unfall um ein Verbrechen handeln könnte. Wir werden versuchen herauszufinden, wie sich das Ganze abgespielt hat, und werden der Öffentlichkeit zeigen, wer der Schuldige ist."

„Ja, das schon. Aber wenn einmal ein Institut und sein Professor in einen schlechten Ruf gekommen sind, nützen nachträgliche Richtigstellungen nur wenig. Zudem ist das ein derart bösartiger Angriff, daß ich mir vorstellen könnte, daß er von der gleichen Person ausgeht, die den Roboter zum Schlag programmiert hat."

„Dies ist doch sehr unwahrscheinlich!"

„Das Ganze könnte eine gezielte Aktion gegen mich sein. Gewisse Leute wollen mich von meiner Stellung vertreiben. In der Tat vergeht mir so die Freude an der Tätigkeit an der Hochschule. Ich freue mich auf meine Pensionierung in drei Jahren."

Während des Gesprächs sind die beiden über die Treppe in das erste Stockwerk gelangt, und er hält vor der Türe zu seinem Zimmer an, um sie aufzuschließen.

„Kommen Sie herein! Wir haben vor der Zusammenkunft noch einige Minuten Zeit, um die Lage zu besprechen."

Esther Correvon ist entsetzt. Auf dem stattlichen Schreibtisch sowie auf sämtlichen Regalen und auf zwei weiteren Tischen herrscht eine unbeschreibliche Unordnung. Stöße von Papieren verschiedenster Art bedecken alle horizontalen Flächen. Sie denkt im stillen, daß der Zeitungsartikel schon recht haben könnte, aber sie beherrscht sich und sagt nichts. Professor Wyss schiebt auf dem Tisch in der Mitte des Raumes einen kleineren Stoß Papier auf die Seite und bittet Esther Correvon, Platz zu nehmen. Er merkt, daß die Detektivin durch die Berge von Papier beeindruckt ist und entschuldigt sich:

„Ein Professor wird heute von einer solchen Menge Papier überschwemmt, daß seine ganze Arbeitszeit nicht hinreichen würde, alles zu lesen. Ich lese in freien Minuten einiges, aber in den letzten Jahren haben meine freien Minuten ständig abgenommen. So bilden sich diese Berge mit meiner Hoffnung, das Zeug gelegentlich verarbeiten zu können. Erfahrungsgemäß kann man nach einem Jahr neunzig Prozent der Papiere wegwerfen, nach zwei Jahren neunzig Prozent des verbleibenden usw."

Sie hört nur mit halbem Ohr zu und wundert sich, daß ein angesehener Professor sich auf so einfältige Überlegungen einlassen kann. Um das Gespräch wieder auf den konkreten Anlaß ihres Besuches zu bringen, unterbricht sie ihn mit der Frage:

„Wie hat sich der Unfall von Lohmann Ihrer Meinung nach zugetragen?"

Professor Wyss überlegt, bevor er sich mit seiner sachlichen Stimme äußert:

„Nach der Lage des Körpers nach dem Unfall zu beurteilen, hat Nelson Lohmann einen Schlag links an den Kopf erhalten, als er leicht nach vorne gebeugt auf einem Stuhl direkt vor seinem Roboter gesessen hat. Lohmann ist entweder von hinten von einer Person mit einem harten Gegenstand oder von seinem Roboter erschlagen worden. An einen Unfall kann ich kaum glauben. Erstens sind die heutigen Roboter zuverlässige Geräte, die keine unvorhergesehenen Bewegungen ausführen, und zweitens ist Lohmann ein sehr gewissenhafter und ordentlicher Mitarbeiter, der nie eine unüberlegte Manipulation durchführen würde."

„Das sind wichtige Feststellungen."

„Ich habe vor zwei Jahren wahrscheinlich einen Fehler gemacht, der Anschaffung dieses Industrieroboters zuzustimmen. Eine besonders günstige Offerte der Herstellerfirma hat uns damals dazu gebracht, dieses muskulöse Ding anzuschaffen."

Esther Correvon freut sich, nach dem zuerst verärgerten und dann infantil argumentierenden Menschen den sachlichen Berufsmann zu hören, und faßt zusammen.

„Ich nehme davon Kenntnis, daß Sie an der These 'Mordversuch' festhalten. Es bleiben die zwei Möglichkeiten: erstens, daß jemand ins Zimmer von Lohmann gekommen ist und diesen von hinten mit einem harten Gegenstand niedergeschlagen hat. In dem Fall muß man annehmen, daß dieser Jemand eine Person aus seinem engeren Bekanntenkreis ist, sonst wäre Lohmann kaum an seinem Arbeitsplatz neben dem Roboter sitzen geblieben. - Zweitens, daß jemand den Roboter für den Schlag programmiert hat. In dem Fall muß es eine Person sein, die die Gewohnheiten von Lohmann genau kennt und zudem imstande ist, eine so komplexe Anlage wie einen Roboter zu programmieren."

„Ja, das ist richtig!"

„Das heißt, daß für beide Möglichkeiten die Mitarbeiter Ihres Institutes die Hauptverdächtigen darstellen."

„Ja, das ist mir bewußt."

„Ein spezielles Problem besteht darin, wie ich nach dem Bericht meines Kollegen Hans Hofer verstanden habe, daß ein Teil des Programmes für die Ausführung des Schlages durch den Roboterarm im Computer verblieben ist, daß aber für die Analyse des verbleibenden Teils des Programmes die Kompetenz der Mitarbeiter Ihres Institutes erforderlich ist, das heißt die Kompetenz gerade jener Leute, die die Hauptverdächtigen sind."

Wyss nickt, es klopft an der Tür, und Frau Hotz, die Sekretärin, schaut durch den Spalt der leicht geöffneten Türe, um zu melden, daß es gleich Viertel nach acht sein wird und daß die im Seminarraum versammelten Mitarbeiter auf den Herrn Professor warten.

Lohmann ist nicht beliebt

Die beiden gehen durch den finsteren Korridor der 'Backsteinfabrik'. Esther Correvon empfindet das Gebäude als deprimierend. Beim Eintreten der beiden in den überfüllten Seminarraum verstummt das allgemeine Geplauder. Eilig werden noch einige Stühle herbeigetragen, und Professor Wyss und die drei Vertreter der Polizei nehmen vorne mit Blick auf die Zuhörer Platz. Esther Correvon hat in einem kurzen Moment die Gelegenheit, die anwesenden Studenten mit den ihr bekannten Jura-Studenten zu vergleichen. Die Ingenieure wirken disziplinierter, dafür auch trockner und langweiliger.

Sie wird in die reale Welt zurückversetzt, als sich Professor Wyss erhebt und mit scharfem Auge die Zuhörerschaft prüft, um sicher zu sein, daß sich kein Fremder, vor allem kein Journalist, in die Reihen eingeschmuggelt hat. Während Esther Correvon ihre beiden Mitarbeiter begrüßt, mit Genugtuung hört, daß Lohmanns Arbeitszimmer verriegelt worden ist, und einen Schlüssel des Schlosses der Verriegelung in Empfang nimmt, wird sie schroff aufgeschreckt durch die laute Stimme des Professors:

„Wer sind Sie? Sie gehören nicht zum Institut!"

Der mit der ausgestreckten Hand anvisierte, an der hinteren Wand fast versteckt stehende junge Mann antwortet schüchtern:

„Mein Name ist Hassan, Ali Hassan; ich bin Assistent am Institut für Automatik."

„Verlassen Sie bitte diesen Raum. Diese Versammlung betrifft nur die Mitglieder des Instituts für Robotik."

Wie ein geprügelter Hund verläßt der junge Mann den Raum. 'Wie schade', denkt Esther Correvon im stillen, 'er hat so schöne Mandelaugen.'

Nach dieser Episode begrüßt der Professor die Zuhörer, indem er betont, daß der Inhalt des Besprochenen vertraulich bleiben muß. Er liest die Meldung, die in der Zeitung erschienen ist, und betont, wie ärgerlich eine solche Diffamierung durch die Presse ist. Er stellt dann Esther Correvon vor, welche ihrerseits ihre zwei Mitarbeiter bekannt macht. Dann gibt er die Ereignisse des vorigen Tages bekannt. Auf die Frage eines Zuhörers über den Zustand Lohmanns erhebt sich Frau Hotz und berichtet, er sei nach dem telefonischen Bescheid von heute früh aus dem Kantonsspital immer noch im Koma. Eine leichte Erregung geht durch die Zuhörerschaft. Auf des Professors Frage, wer die Roboteranlage von Lohmann am besten kenne, antworten mehrere Stimmen im Saal: „Markus Bauer".

„Ja, das könnte sein", bemerkt Wyss und schaut suchend im Saal umher. „Warum ist Markus Bauer nicht hier?"

Darauf eine Stimme aus dem Saal: „Er ist gestern nachmittag weggefahren. Er hat gesagt, er wolle schon seit langem einige Tage Urlaub nehmen."

„Er hat sich bei mir nicht abgemeldet; ein Assistent kann doch nicht einfach während des Semesters wegfahren. Soviel ich weiß, muß er das Roboterpraktikum der Studenten betreuen."

„Er hat mit einigen Kollegen seinen Ersatz organisiert."

„Wo ist er hingefahren, und für wie lange?"

„Wo er hingefahren ist, weiß niemand. Organisiert hat er seine Abwesenheit für eine Woche. Mehr wissen wir nicht."

Esther Correvon ergreift das Wort:

„Wir werden Markus Bauer suchen. Bitte teilen Sie es mir mit, falls Sie etwas über Markus Bauer erfahren!"

Professor Wyss schüttelt mißmutig den Kopf und fährt fort:

„Wer ist mit Lohmann befreundet?"

Ein Raunen geht durch die Reihen. Es meldet sich niemand. Esther Correvon schließt daraus, daß Nelson Lohmann offensichtlich nicht sehr beliebt ist.

„Kennt jemand seine Frau?"

Allgemeines Schweigen. Hilflos wendet sich Professor Wyss an Esther Correvon:

„Wie machen wir weiter?"

„Wir müssen sofort eine Arbeitsgruppe bilden, die genügend über die von Nelson Lohmann verwendete Informatik weiß, um der Polizei helfen zu können. Unser Ziel besteht darin, das Programm zu analysieren, das den Schlag gegen Lohmann bewirkt haben könnte!"

„Ja, richtig. Wir müssen eine Arbeitsgruppe bilden. Wer möchte in dieser Gruppe mitmachen? Meldet sich jemand freiwillig?"

Keine Antwort.

„Herr Wegmann, darf ich Sie bitten, in der Arbeitsgruppe mitzumachen?"

Ein schlanker, großgewachsener Mann mit Brille, der auf Esther Correvon einen zuverlässigen, wenn auch etwas beamtenhaften Eindruck macht, erhebt sich:

„Im Prinzip schon, aber ich verstehe nicht allzuviel von Lohmanns Arbeit."

„Danke, das ist mir klar. Wir müssen dafür sorgen, daß Ihre mangelnden Kenntnisse durch die Kenntnisse weiterer Personen ergänzt werden. Wen würden Sie vorschlagen?"

Nach kurzer Überlegung antwortet Wegmann:

„Fabienne Dupont oder Rolf van Huysen, beide wohlvertraut mit der Art Informatik, die Lohmann verwendet, oder vielleicht auswärtige Personen, mit denen Nelson Lohmann gearbeitet hat!"

Hierauf der Professor:

„Am besten beide erwähnten Mitarbeiter, aber keine auswärtigen Personen. Die Arbeitsgruppe umfaßt also die drei genannten Personen, die ich bitte, hier vorzutreten."

Esther Correvon ist mit der Zusammensetzung der Gruppe zufrieden. Sie ist überzeugt, daß mit den vor ihr stehenden Personen gute Arbeit geleistet werden kann. Fabienne Dupont gehört zu jenem Frauentyp, die Esther Correvon etwas von oben herab betrachtet, zu den 'geschlechtslosen Arbeitstieren', hingegen gefällt ihr Rolf van Huysen auf Anhieb, ein souverän wirkender Ingenieurtyp, vielleicht etwas weich und leicht beeinflußbar.

„Ich möchte Ihnen für Ihre Bereitschaft, in dieser 'Informatikgruppe' mitzumachen, danken. Alle Mitglieder des Institutes sind gebeten, der Polizei und der Gruppe zu helfen, der Wahrheit auf den Grund zu kommen. Gibt es noch Fragen?"

Esther Correvon meldet sich: „Hat jemand der Anwesenden gestern kurz nach elf Uhr mit Nelson Lohmann telefoniert? Oder weiß jemand, wer telefoniert hat?"

Keine Reaktion aus dem Saal. Inzwischen ist es neun Uhr, Professor Wyss hebt die Versammlung auf.

Die Informatikgruppe

Während sich der Saal leert, bittet Esther Correvon die 'Informatikgruppe' und ihre zwei Kollegen von der Polizei, noch für einige Minuten im Saal zu bleiben:

„Zuerst soll sich jeder kurz vorstellen, dann habe ich einige konkrete Fragen zum Fall, und dann werden wir die weitere Arbeit organisieren."

Hans Hofer macht den Vorschlag, die Gelegenheit zu nutzen, um den Videofilm über die Industrieroboter anzusehen, und David Wegmann nimmt die Idee sofort auf. Nach fünf Minuten sitzen die sechs Leute vor dem im Seminarraum installierten Videoschirm und schauen sich die verschiedenen gezeigten Anwendungen von Industrierobotern mit Kommentaren der drei Assistenten an. Anschließend beginnt Esther Correvon, sich selber vorzustellen:

„Ich bin in Lausanne geboren und habe mein Leben in einer französisch sprechenden Umgebung angefangen, aber meine Eltern sind bald danach nach Zürich gezogen, wo ich meine ganze Schulpflicht absolviert habe. Anschließend habe ich hier an der Universität Jura studiert und mit einem Lizentiat auf dem Gebiet Kriminologie abgeschlossen. Seit bald sechs Jahren bin ich bei der Polizei. Ich arbeite schon seit einigen Jahren mit Computern, aber erst vor einigen Wochen habe ich einen Einführungskurs für Informatik abgeschlossen, der mir gestattet, etwas mehr über das Wie der Computer zu verstehen. Über Roboter weiß ich gar nichts. Ich wäre froh, wenn uns heute nachmittag jemand eine Einführung geben könnte!"

Anschließend ist die Reihe an Hans Hofer und Daniel Wirz, den beiden Polizisten. Hans Hofer ist schon seit bald zwanzig Jahren bei der Polizei und ist ihr gleich nach einer Schreinerlehre beigetreten. Daniel Wirz, ein junger, zarter Mann mit krausem Haar, war Mechaniker, hatte einige Jahre in diesem Beruf gearbeitet und ist erst sei zwei Jahren bei der Polizei.

Anschließend stellt sich Fabienne Dupont vor. Obschon sie Schweizerin sei, habe sie ihr Studium in Frankreich mit einem Diplom als Informatik-Ingenieur abgeschlossen, da ihre Eltern in Frankreich wohnen. Sie sei hier seit einem Jahr angestellt als Informatikerin des Instituts. Ihre Aufgabe bestehe in der Koordination der Beschaffung des Informatik-Materials und in der Betreuung der Benutzer des Materials. Sie habe vorderhand nicht im Sinn zu doktorieren.

Dann ergreift der große David Wegmann das Wort:

„Ich habe vor einigen Jahren an der Technischen Hochschule von Lausanne mein Studium mit einer Diplomarbeit über Roboter abgeschlossen. Ich war fünf Jahre in der Uhrenindustrie als Ingenieur tätig, bin verheiratet, habe zwei Kinder und bin jetzt seit zwei Jahren hier, um eine Doktorarbeit auf dem Gebiet der Robotik auszuführen."

„Sie sind also etwas älter als die anderen Doktoranden und haben anscheinend in den Augen des Professors hier am Institut die Rolle eines 'Unteroffiziers'."

„Das ist schon richtig; mir kommt die Industrieerfahrung zugute!"

Zuletzt kommt Rolf van Huysen an die Reihe. Er habe hier studiert, sei fünfundzwanzig Jahre alt und stecke nun mitten in einer Doktorarbeit, auch auf dem Gebiet der Robotik, aber mehr in Richtung der mechanischen Aspekte. Er müsse notwendigerweise einiges von der Informatik der Roboter verstehen.

Ganz unauffällig nimmt Esther Correvon eine angebrochene Packung Zigaretten aus der Tasche und reicht sie herum mit der Frage:

„Raucht jemand?"

Fabienne Dupont zögert:

„Ich rauche, aber nicht während der Arbeitszeit!"

Die beiden Polizisten und David Wegmann erklären sich als Nichtraucher, und Rolf van Huysen raucht nur Pfeife.

Nach diesem kleinen Test konsultiert Esther Correvon ihr Notizbuch und stellt dann einige Fragen.

„Wer ist Hassan? Warum hat ihn der Chef hinausgeschickt?"

Darauf Rolf van Huysen:

„Hassan ist einer meiner Studienkollegen, aber ich kenne ihn näher vom akademischen Schachklub. Er stammt aus einem der Länder des mittleren Ostens und hat sich sein Studium mit Nebenbeschäftigungen verdient. Er ist sehr sprachbegabt, er hat als Übersetzer für Zeitungen und gelegentlich als wissenschaftlicher Journalist gearbeitet und ist seit kurzer Zeit Assistent am Institut für Automatik."

„Ist er derjenige, der die Geschichte des Roboters an die Zeitung weitergeleitet hat?"

„Das ist wohl denkbar!"

„Hat ihn jemand gestern nach dem Unfall vor Lohmanns Zimmer gesehen?"

Nach einiger Überlegung äußert sich Fabienne Dupont:

„Ja, er ist etwa eine Viertelstunde nach dem Schrei der Sekretärin aufgetaucht, hat etwas rumgefragt und ist dann unauffällig wieder verschwunden!"

„Das kann ich bestätigen", bemerkt Rolf van Huysen. Esther notiert 'weiterverfolgen' und stellt die nächste Frage:

„Wer ist Markus Bauer? Können Sie sich seine plötzliche Abreise erklären? Steht sie in Zusammenhang mit dem Unfall Lohmanns?"

Es ist an Wegmann zu antworten:

„Wie Sie gleich sehen werden, besteht ein Zusammenhang. Markus Bauer ist diplomierter Physiker, nicht verheiratet, ein freundlicher, intelligenter Mensch, der aber mit Lohmann eher schlecht auskommt. Sie spielen sich über die Computer Streiche. Der Chef hat mich vor einiger Zeit beauftragt, ihren Zwist zu schlichten. Zudem hat ihnen der Chef unglücklicherweise ein ähnliches Thema für ihre Doktorarbeiten zugeteilt, so daß eine ständige Konkurrenzspannung herrscht."

„Sie glauben, daß Markus Bauer vor der Polizei geflohen ist?"

„Ja, das glaube ich; aber nicht, weil er am Unfall eine direkte Schuld trägt, sondern weil er weiß, daß er wegen des Streits verdächtig erscheint."

Die beiden anderen Assistenten geben ihre Zustimmung zu der Erklärung, und Esther Correvon äußert den Wunsch, daß sie gelegentlich, das heißt in einer den technischen Aspekten des Falles gewidmeten Besprechung, Genaueres über diesen Streit erfahren möchte, und fragt weiter:

„Raucht Markus Bauer Zigaretten?"

„Jawohl, er raucht!"

„Wo könnte er hingereist sein?"

„Ich habe gehört, daß seine Eltern irgendwo im Bündnerland, an einem abgelegenen Ort, ein kleines Chalet besitzen, aber ich weiß nicht genau, wo."

„Danke, das werden wir prüfen. Jetzt möchte ich noch einiges über Lohmann erfahren; wieso ist er nicht beliebt am Institut?"

Die drei Assistenten schauen sich gegenseitig fragend an, und Fabienne Dupont beginnt:

„Lohmann ist ein Egoist. Er denkt immer nur an sich selbst!"

„Er ist intelligent, und er weiß es. Seinen Kollegen gegenüber betrachtet er sich als weit überlegen", fügt Rolf van Huysen hinzu, und dann noch David Wegmann:

„Es ist schwierig, mit ihm zu diskutieren. Er geht gar nicht auf die Argumente seines Gesprächspartners ein. Wenn er ein Urteil abgibt, ist es immer negativ. Zudem ist er immer ernst; ich habe ihn nie lachen gesehen."

„Was wissen Sie sonst über ihn? Hat er Freunde außerhalb des Instituts? Hat er besondere Feinde? Wissen Sie irgend etwas über Liebesaffären?"

Wieder schauen sich die drei Assistenten an, offensichtlich verlegen.

„Rücken Sie damit heraus, auch wenn es sich nur um Gerüchte handelt! Die Polizei wird die Sache mit der nötigen Diskretion behandeln."

Die Blicke richten sich auf David Wegmann, der sich räuspert und dann mit leiser Stimme beginnt:

„Seit einigen Tagen geht in der Tat ein Gerücht um. Lohmann soll mit einer verheirateten Portugiesin der Reinigungsmannschaft eine Affäre gehabt haben. Übers Wochenende ist Lohmann bekanntlich bei seiner Familie in Lausanne. Er kommt meistens am Montagmorgen um zehn Uhr per Zug nach Zürich und reist am Freitagnachmittag wieder ab. Unter der Woche bleibt er gewöhnlich bis in die Nacht hinein in seinem Arbeitszimmer. Einmal pro Woche kommt nach sieben Uhr abends die Reinigungsmannschaft, um die Zimmer gründlich zu reinigen. Wie lange die Geschichte gedauert hat und was hinter den Kulissen geschehen ist, wissen wir nicht; jedenfalls ist jetzt für die Reinigung des Institutes die junge, hübsche Frau der Mannschaft durch einen Mann ersetzt worden."

Esther Correvon fährt fort mit einer Geste zu Hans Hofer:

„Danke für die Auskunft. Wir werden alles diskret weiterverfolgen und Sie auf dem laufenden halten. Haben Sie noch Bemerkungen zum Unfall von Lohmann? Falls nicht, schlage ich vor, daß wir uns hier um zwei Uhr wiedertreffen in kleiner Besetzung, das heißt ohne die beiden Polizisten, die ihrerseits ihren Aufträgen nachgehen werden. Bereiten Sie die Einführung in die Robotik vor, die Sie mir vortragen werden!"

Es ist inzwischen zehn Uhr; die drei Assistenten verabschieden sich. Esther Correvon ruft über ihr Mobiltelefon die Zentrale der Polizei an, um zu erfahren, daß mehrere Journalisten angerufen und um Auskunft über den Fall Lohmann gebeten haben.

„Keine Auskunft vorderhand! Ein Informationsbulletin und eventuell eine Pressekonferenz sind vorgesehen, sobald wir Genaueres wissen."

Ferner habe ein gewisser Gustav Zollinger angerufen mit der Behauptung, er sei der Mörder von Nelson Lohmann. Er sei derjenige, der den Roboter von Lohmann auf Totschlag programmiert habe.

„Lassen Sie Gustav Zollinger Ende des Nachmittags, sagen wir um sechs, in mein Büro kommen. Versuchen Sie bis dann herauszufinden, ob man in unserer Dokumentation etwas über ihn finden kann. Danke schön!"

Noch ist Esther Correvon am Apparat, als sie den aufgeregten Professor auf sich zukommen sieht, der, kaum hat sie ihr mobiles Telefon zusammengeklappt, sie bestürmt:

„Was soll ich tun? Wie wehre ich den Ansturm der Journalisten ab? Sie dringen persönlich und per Telefon auf mich ein. Das Wort Roboter zieht sie an wie das Licht die Motten. Helfen Sie mir bitte!"

„Wir können Ihnen kaum helfen. Schon wegen der Studenten können nicht alle Arbeitsräume gesperrt werden. Die Polizei kann Ihnen kein Personal zum Absperren zur Verfügung stellen. Das müßten Sie selbst organisieren, entweder über die Direktion der Schule oder direkt mit einer Bewachungsgesellschaft."

Esther Correvon denkt im stillen: 'Verzieh dich in die Berge, wie es unser Freund Markus Bauer getan hat.'

Als sie den belagerten Professor wieder losgeworden ist, geht sie an die Organisation der Arbeit: Sie zieht ihr Notizbüchlein hervor und schaut sich die Liste der Verdächtigen an: Ali Hassan - Markus Bauer - Ehemann der Portugiesin - Gustav Zollinger.

„Den Ehemann der Portugiesin überlasse ich Ihnen, Hans Hofer, die übrigen muß ich persönlich an die Hand nehmen. Im Prinzip sind noch andere Personen am Institut verdächtig, theoretisch selbst der Professor, und weitere Verdächtige können aus dem Privatleben Lohmanns erscheinen. Hofer, Sie eilen sogleich in das Mansardenzimmer, das Lohmann hier in der Nähe gemietet hat, und schauen nach, was Sie an relevanten schriftlichen Dokumenten finden. Was mich speziell interessiert, sind Laborhefte, Briefe und vielleicht Tagebücher. Sie werden seinen Schlüsselbund erhalten, bringen Sie mir dann die Schlüssel vor 14 Uhr hier ans Institut zum Sekretariat zurück. Vielleicht können Sie von anderen Bewohnern des Hauses etwas über das Kommen und Gehen in seiner Mansarde erfahren."

„Geht in Ordnung!"

„Dann versuchen Sie, diskret herauszufinden, wo sich Markus Bauer versteckt, ich muß ihn rasch erreichen. Soviel ich verstanden habe, hat er normalerweise Wohnsitz bei seinen Eltern. Frau Hotz, die Sekretärin, wird Ihnen die Adresse der Eltern Bauer wie auch diejenige des Mansardenzimmers Lohmanns geben. Falls die Zeit reicht, sollten Sie dann bei der Direktion der Reinigungsgesellschaft vorsprechen und versuchen, diskret herauszufinden, was sich hier am Institut mit der Portugiesin abgespielt hat. Auch da kann Ihnen Frau Hotz die Adresse geben!"

„Werde ich ausführen."

„Herr Wirz, Sie begleiten Ihren Kollegen zum Kantonsspital, um den Mansardenschlüssel zu holen. Dann schauen einmal nach, wie es Lohmann geht und ob wir eine vergrößerte Aufnahme der Wunde haben können. Machen Sie sich dort bekannt, so daß wir in Zukunft leicht Auskunft per Telefon erhalten können. Hinterlassen Sie telefonische Meldungen an mich bei der Telefonzentrale im Amt. Wir treffen uns morgen früh um acht Uhr in meinem Zimmer auf dem Amt!"

Die beiden verabschieden sich, die Uhr zeigt elf. Nach einer kurzen Zeit der Überlegung erhebt sich Esther Correvon und verläßt den Seminarraum. Im Korridor läßt sie sich von einem Passanten den Weg zum Institut für Automatik erklären.

Der Journalist

Froh, das deprimierende Gebäude zu verlassen und einige Schritte an der frischen Luft machen zu können, geht sie die Leonhardstraße hoch, betrachtet aufmerksam das rechts gelegene Hauptgebäude der Technischen Hochschule mit den klassizistischen Darstellungen an der Fassade und tritt dann links in die Eingangshalle des Maschinenlabors ein. Es ist ein modernes Gebäude aus den dreißiger Jahren, das schon einige Umbauten erlebt hat. Mit etwas Mühe findet sie in der modernen Eingangshalle den Aufzug, der sie in die Etage 'f' bringt.

Sie denkt: 'Das ist typisch für Ingenieure: Sie können ihre Stockwerke nicht, wie üblich, mit Zahlen bezeichnen. Zum Glück haben sie nicht Buchstaben aus dem griechischen Alphabet gewählt.' Die Fahrt im Aufzug gibt ihr die Gelegenheit, ihr Make-up zu prüfen.

Das Zimmer, auf dessen Namensschild unter drei anderen Namen Ali Hassan steht, findet sie bald, klopft an und trifft vier Assistenten an ihren Arbeitstischen. Sie stellt sich mit ihrem Namen vor und bittet Ali Hassan, ihn unter vier Augen zu sprechen. Dieser erhebt sich und gibt ihr die Hand. Eskortiert von spöttischen Bemerkungen der Kollegen verlassen die beiden den Raum. Er weiß, daß sie von der Polizei kommt, und führt sie in einen Seminarraum, der gleichzeitig als Lesezimmer für die Institutsbibliothek dient. Mit autoritärer Stimme schickt er einen Studenten weg, der sich mit einem Buch installiert hatte.

„Sie sind vier Assistenten im selben Zimmer. Ist das nicht etwas viel?"

„Jeder von uns hat einen Schreibtisch im Viererzimmer, aber für den praktischen Teil unserer Arbeit stehen uns Laboratorien zur Verfügung!"

„Ich sehe, da gibt es verschiedene Systeme. Im Institut für Robotik spielen sich der theoretische und der praktische Teil der Arbeit im gleichen Zimmer ab. Der Roboter und der Schreibtisch sind im gleichen Arbeitsraum."

„Was wollen Sie von mir?" fragt darauf der Südländer mit den Mandelaugen und einem charmanten fremdländischen Akzent. Ein Gefühl der Wärme umfängt Esther Correvon, sie hätte gerne mit ihm geplaudert, aber die Pflicht ruft.

„Ich möchte zunächst Ihre Personalien. Sind Sie Schweizer?"

„Libanese", beginnt er und teilt dann seine weiteren Personalien mit. Esther Correvon benutzt diese Einführung als Druckmittel:

„Ist es Ihnen erlaubt, mit einer Aufenthaltsbewilligung für Studenten als Journalist tätig zu sein?"

„Es wird jedenfalls toleriert."

„Ist Ihr Chef, der Professor, über Ihre Journalistentätigkeit informiert?"

„Selbstverständlich, er ermutigt mich sogar dazu, unter der Bedingung, daß es nicht zuviel Zeit in Anspruch nimmt!"

„Sie wurden gestern im Korridor vor dem Arbeitszimmer Nelson Lohmanns gesehen. Was haben sie dort gemacht?"

„Ich war neugierig. Ich hatte von einem Studenten gehört, daß dort etwas passiert sei, und bin dann gleich hingegangen, um Näheres zu erfahren."

„... um einen Artikel für die Zeitung zu schreiben."

Hassan errötet, stockt und sagt nicht nein.

„Warum haben sie von der Unordnung und der Nachlässigkeit in Sicherheitsfragen geschrieben?"

„Die Unordnung haben Sie wohl selbst gesehen, und die Nachlässigkeit in Sicherheitsfragen wirft mein Chef seinem Kollegen seit langem vor."

„Woher wissen Sie, daß Nelson Lohmann einen dreijährigen Sohn hat?"

„Das hat mir nach dem Unfall jemand im Korridor mitgeteilt."

Es ist inzwischen Mittag. Sie dankt dem jungen Mann für die Auskunft, bittet ihn, erreichbar zu bleiben, und verabschiedet sich.

Esther Correvon geht gemächlich die Treppe des modernen Hauses hinunter, bemerkt links neben dem Ausgang eine überfüllte Studentenbar, wo sie stehend einen Sandwich und ein Getränk konsumiert. Anschließend geht sie auf die belebte Straße hinaus, um sich ein wenig bewegen zu können. Auf der der Technischen Hochschule vorgelagerten Terrasse promenieren bei dem trüben Wetter wenig Leute. Dennoch ist von dort der Blick auf die Stadt auch bei weniger strahlendem Wetter ein Erlebnis.

Das Gespräch mit dem jungen Libanesen geht ihr nach. Er hat in seinem Wesen etwas Naives. Es entspricht nicht seiner Art, einem älteren Professor großen Schaden zuzufügen. Sicher ist in der Abfassung der Zeitungsmeldung der Geist seines Chefs zu spüren. Professoren scheinen es zu lieben, sich gegenseitig mit Dreck zu bewerfen, besonders wenn dies möglich ist, ohne sich die Hände zu beschmutzen, das heißt über eine Drittperson. Aber mit dem Mordversuch hat das wahrscheinlich kaum etwas zu tun.

Wie sie so in Gedanken versunken langsam hin und her geht, kommt ihr eine Idee. 'Wer ist der Student, der Hassan über den Unfall informiert hat?' Da konnte eine böswillige Absicht dahinterstecken. Vielleicht ist die Anregung der Neugierde des Journalisten Hassan ein gezieltes Manöver, um die Aufmerksamkeit der Allgemeinheit von der wirklichen Mordabsicht abzulenken.

Rasch verläßt sie die Terrasse vor der Hochschule und geht erneut zum Maschinenlabor, fährt mit dem Aufzug ins Stockwerk 'f' und eilt zum Zimmer von Ali Hassan. Er sei weggegangen, man wisse nicht, wohin und für wie lange.

„Morgen, Mittwoch, sollte er jedenfalls wieder dasein. Von zehn bis zwölf muß er die Studenten bei den Übungen betreuen!"

Sie hinterläßt eine Meldung auf dem Tisch von Hassan mit ihrer Telefonnummer vom Amt: 'Bitte rufen Sie mich baldmöglichst an, Esther Correvon.'
Erneut verläßt sie das moderne Gebäude, um sich bis zwei Uhr im Freien ein wenig entspannen zu können. 'Wie kalt wirken doch allgemein die Räume der Technischen Hochschule. Keine erfrischenden Bilder, nur Pläne und Fotografien von Maschinen. Wie auch im Kontakt unter den Menschen erscheint hier alles sachlich und irgendwie unmenschlich.'
Esther Correvon konstatiert mit Staunen, daß die Atmosphäre bei der Polizei gemütlicher wirkt. Vielleicht liegt es auch am Wetter, das sie deprimiert. Der Himmel ist grau, es herrscht das typische Hochnebelwetter. Sie rafft sich auf, um im Amtshaus nachzufragen, was an Meldungen für sie vorliegt. Es gibt eine Meldung von Hans Hofer von 13.30 Uhr.
„Wir haben in Lohmanns Mansardenzimmer nichts Interessantes an Dokumenten gefunden, aber es muß kürzlich eingebrochen worden sein. Die Türe ist mit Gewalt aufgebrochen worden. Von der Hauswirtin konnte ich erfahren, daß Nelson Lohmann nur von Montag bis Freitag in seinem Zimmer übernachtet und daß er sehr selten Besuch hat. Vom Einbruch hat sie nichts gehört. Hingegen sei am letzten Donnerstagabend spät noch ein Herr auf Besuch gewesen. Ich bringe jetzt den Schlüsselbund ins Robotikinstitut, während Daniel Wirz nochmals beim Kantonsspital vorbeigeht!"

Esther Correvons Einführung in die Technik

Gegen zwei Uhr steigt Esther Correvon von der Leonhardstraße die Stufen zum Roboterinstitut hoch und holt sich bei der Sekretärin Lohmanns Schlüsselbund. Sie läßt sich Lohmanns Arbeitsraum zeigen, schließt die Verriegelung auf und betrachtet mit großem Interesse den Tatort. Das Blut ist von den Technikern der Polizei entfernt und die Stelle der Blutlachen mit rosaroter Kreide markiert worden. Beim Eintreten auf der linken Seite beherrscht der Roboter mit seinem orangefarbenen Arm und seinem metallischen Greifer die Szene. Über dem Roboter sind an einem Gestell aus dunklen Eisenstangen zwei Fernsehkameras angebracht, und vor dem Roboter steht ein niedriger schwarzer Tisch. Gerade vor dem schwarzen Tisch befindet sich ein Stuhl, auf dem Lohmann offensichtlich gesessen hatte, als ihn der verhängnisvolle Schlag getroffen hat. Neben dem Stuhl leuchten die kleinen Lichter des Computers. Am Fenster steht ein großer Schreibtisch. An den Wänden rechts befinden sich zwei verschlossene Dokumentenschränke aus Stahlblech, an denen Esther gleich ihre Schlüssel erproben will. Es zeigt sich, daß sich beide Schränke wie auch die Schreibtischschubladen mit den vorhandenen Schlüsseln öffnen lassen. Während sie mit den Schlüsseln beschäftigt ist, kommen die drei Assistenten der Informatikgruppe vorbei, und es wird beschlossen, die vorgesehene Sitzung in diesem Arbeitszimmer abzuhalten, wo schließlich vier Stühle und auch eine Wandtafel zur Verfügung stehen. Esther Correvon erzählt kurz von ihrer Unterhaltung mit Ali Hassan und daß dieser von einem Studenten über den Unfall Nelson Lohmanns informiert worden sei. David Wegmann eröffnet die technischen Erklärungen mit einer Befragung, um festzustellen, welches die Grundkenntnisse der Detektivin sind. Er beginnt mit Fragen der mathematischen Logik, der Booleschen Algebra, dann folgen das binäre Zahlensystem und die digitale Darstellung von physikalischen Größen. Bis dahin kann ihm Esther Correvon ohne allzugroße Mühe folgen. Anschließend gelangt er zu den Sensoren und speziell zu den Positionssensoren, wie sie in der Robotik verwendet werden. Dann kommt der Roboter dran, den er zunächst ganz allgemein als den Arm des Computers definiert. Er versucht zu erklären, was ein Koordinatensystem und ein Freiheitsgrad ist und wieso ein universeller Roboter sechs Freiheitsgrade hat.

Die Zeit vergeht rasch; gegen vier Uhr wird beschlossen, sich etwas Bewegung zu verschaffen und im nahen Tea Room einen Kaffee zu trinken. Der Arbeitsraum Lohmanns wird vorsichtig verschlossen. In entspannter Atmosphäre erzählt Esther Correvon von ihrer Arbeit. Sie faßt den kürzlich erledigten Mordfall von Jan Diener mit seinem Mephisto in Venedig kurz zusammen und stellt fest, daß sich die jungen Ingenieure sehr für die Arbeit einer Detektivin interessieren.

Zurück im Arbeitszimmer Lohmanns, übernimmt Rolf van Huysen die Weiterführung des Roboterkurses. Er versucht die Problemstellung der Arbeit Lohmanns zu erklären:

„Es geht im wesentlichen darum, eine Methode zu entwickeln, die gestattet, dem Roboter beizubringen, einen bestimmten Gegenstand zu ergreifen. Es ist heute noch eines der Probleme des Einsatzes von Robotern in der Industrie, daß es viel mühsame Programmierarbeit bedeutet, den Roboterarm dazu zu bringen, ein bestimmtes Objekt zu erfassen. Das Ziel der Arbeit ist die Entwicklung eines Verfahrens, bei welchem der Operator dem Roboter mündlich oder schriftlich den Auftrag erteilt, das Objekt, zum Beispiel eine Schraube, zu ergreifen."

„Ist denn das Ergreifen des Gegenstandes schwieriger als das Absetzen an einem gewünschten Punkt?" fragt Esther Correvon.

„Ja, das ist viel schwieriger. Erstens wissen weder der Operator noch der Roboter, wo genau sich der Gegenstand befindet. Diese haben nur eine vage Information, wie zum Beispiel 'der Würfel auf dem Tisch'. Zweitens muß der Roboter wissen, wie er den Gegenstand mit den zwei Fingern seines metallischen Greifers, der ja nicht die Anpassungsfähigkeit einer menschlichen Hand aufweist, erfassen kann. Hat er den Gegenstand mit seinem Greifer erfaßt, ist es ein leichtes, diesen an einen gewünschten Ort zu bringen. Im vorliegenden Versuchsaufbau ist der bestimmte Gegenstand ein hölzerner Würfel. Die zwei Fernsehkameras sehen und erkennen den Würfel auf der kleinen schwarzen Tischplatte und leiten den Arm so, daß sich der Greifer am Ende des Arms direkt auf den Würfel zubewegt und im richtigen Moment an der passenden Stelle zugreift. Die Doktorarbeit Lohmanns und diejenige von Markus Bauer haben grundsätzlich das gleiche Ziel, nur sind die eingesetzten Mittel etwas verschieden. Beide verwenden analytische Methoden aus dem Bereich der künstlichen Intelligenz, aber nicht dieselben."

Esther Correvon hört konzentriert zu. Sie kommt sich vor wie jemand, dem man die Regeln des Schachspiels beibringt, aber der noch lange nicht Schach spielen kann. Sie stellt zur Erleichterung ihres Verständnisses hie und da eine Zwischenfrage und sagt dann:

„Jetzt möchte ich wissen, wie der Roboter dazu kommen kann, plötzlich Lohmanns Kopf anstatt des Würfels auf dem schwarzen Tisch anzuvisieren."

„Das ist auch uns ein Rätsel."

„Dann schlage ich vor, daß wir uns die Dokumente in Lohmanns Schreibtisch und in den Stahlschränken ansehen."

Frage von David Wegmann an Esther Correvon:

„Dürfen wir in Lohmanns Papieren wühlen ohne seine Erlaubnis? Er reagiert nämlich äußerst empfindlich auf ein Eindringen in seine Privatsphäre. Er hält alle seine Dokumente immer unter Verschluß. Sie werden sehen, sogar seine Bücher befinden sich in abgeschlossenen Blechschränken."

„Lohmann ist möglicherweise Opfer eines verbrecherischen Anschlages, da darf die Polizei seine Privatsphäre antasten. Zudem ist er immer noch im Koma und wird uns noch einige Zeit nicht Rede und Antwort stehen können."

Esther Correvon schließt die Schubladen des Schreibtisches auf. Überall herrscht perfekte Ordnung. Eine Hängeregistratur auf der linken Seite ist mit „Korrespondenz" beschriftet, diejenige auf der rechten Seite mit „Programmvorbereitungen". Hier finden sie ein Dossier mit der Aufschrift „Würfel" und siehe da, gerade dahinter eines mit der Aufschrift „Kopf". Beide Dossiers werden herausgenommen, auf dem Tisch ausgebreitet. Die Aufregung ist groß.

„Das sind alles Vorarbeiten zu einem Computerprogramm, mit der Handschrift Lohmanns geschrieben", bemerkt Rolf van Huysen, beginnt eifrig darin herumzublättern und sagt nach einer Pause:

„Lohmann hat offensichtlich das Programm, das den Greifer mit Hilfe der Videoaufnahmen an den Kopf des auf dem Stuhl sitzenden Operators führt, selbst geschrieben!"

„Dann wäre der Unfall ein Selbstmordversuch."

Nach dieser Bemerkung von Fabienne Dupont schüttelt Esther Correvon nachdenklich den Kopf:

„Das kann ich fast nicht glauben!"

Dann folgt ein längeres Schweigen. Esther Correvon streift mit einem Blick ihre Uhr und fährt fort:

„Ich sehe, ich muß bald abhauen. Ich überlasse Ihnen die beiden Dossiers 'Würfel' und 'Kopf' unter der Verantwortung David Wegmanns. Studieren Sie die Papiere weiter, und berichten Sie mir morgen, was Sie noch herausfinden können. Das Zimmer wird wieder abgeschlossen, und wir treffen uns morgen, Mittwoch, um 14 Uhr hier in diesem Lokal!"

Es ist schon fast sechs, Esther Correvon verabschiedet sich und begibt sich zu Fuß ins Amtshaus. Während der fünfzehn Minuten des Weges durch die bereits dunklen Straßen der Stadt kreisen ihre Gedanken um die neue Idee: Selbstmord, indem man sich von einem Roboter erschlagen läßt, indem man vorher gewissenhaft die Bewegung des Schlages an den Kopf programmiert. Lohmann ist ein komischer Kauz, vielleicht hat er depressive Züge, aber so etwas Ausgefallenes kann ich mir einfach nicht vorstellen.

Die Verdächtigen

Im Amtshaus angekommen, wird Esther Correvon eine telefonische Mitteilung von Hans Hofer übermittelt:
„Ich konnte den Namen der Portugiesin ausfindig machen. Ihr Mann arbeitet bei der gleichen Reinigungsgesellschaft, wo übrigens die Affäre allgemein bekannt ist. Der Mann war nicht erreichbar. Ich werde später versuchen zu erfahren, ob er ein Alibi hat."
Dann wird ihr mitgeteilt, daß Herr Zollinger, der Mann, der sich auf der Zentrale der Polizei als der Schuldige am Mordanschlag an Nelson Lohmann erklärt hat, im Wartezimmer bereits seit einiger Zeit auf sie warte. Ein mittelgroßer Mann Mitte Fünfzig im grauen Anzug, eine ausgesprochen unauffällige Erscheinung, kommt auf sie zu. Sie bemerkt, daß er einen nervösen Tick hat. Von Zeit zu Zeit klemmt er das linke Auge zu, was ihm einen listigen Ausdruck verleiht, als ob er sagen möchte: 'Ich weiß viel mehr, aber ich sage es nicht.' Sie begrüßt ihn und bittet ihn, in ihr Büro zu kommen.
Auf ihrem Schreibtisch liegt das Dossier bereit: Gustav Zollinger, Jahrgang 1942, heimatberechtigt in Zürich, geschieden, wohnhaft in Höngg bei Zürich, von Beruf Elektromonteur, nicht vorbestraft, in den Polizeiakten unbekannt. Bevor er Platz nimmt, prüft er sie mit kritischem Blick:
„Sind Sie die Sekretärin des Kommissars?"
„Nein, ich bin selbst der Kommissar, Kommissar Correvon. Was führt Sie hierher?"
Er scheint mit der Tatsache, einer Frau gegenüberzutreten, nicht glücklich zu sein und setzt sich dann umständlich, als ob er mit seinen Bewegungen seine Unzufriedenheit ausdrücken wollte.
„Ich habe in der Zeitung gelesen, daß Nelson Lohmann von seinem Roboter erschlagen worden ist."

Esther Correvon fällt sogleich auf, daß er von Nelson Lohmann spricht. In der Zeitung hieß es nur „N. L.".

„Kennen sie Herrn Lohmann?"

„Ja, ja, ich habe seinen Roboter programmiert. Wenn Herr Lohmann jetzt stirbt, so ist das meine Schuld", sagt er mit gewichtiger Stimme und listigem Ausdruck.

„Erklären Sie mir das, bitte."

„Das war vor gut einem Jahr. Da war ich bei der Firma BAA angestellt, um den Roboter an der Technischen Hochschule bei Nelson Lohmann zu installieren. Ich habe das ganze Programm zusammengestellt und die Inbetriebsetzung geleitet. Sie müssen mich verhaften, ich hab' ein Menschenleben auf dem Gewissen!"

„Können Sie mir den Namen der Person geben, die Ihr Chef war bei BAA oder die Ihnen bei der Firma den Auftrag erteilt hat?"

„Ja, ja, das ist der Herr Zingg. Fragen Sie ihn; er wird Ihnen bestätigen, was Sie jetzt von mir gehört haben. Er hat mir damals gesagt: 'Zollinger, Sie haben gute Arbeit geleistet.' Aber ich bin mißtrauisch, man weiß nie, was die Roboter daraus machen."

Esther Correvon ist ratlos. Sie glaubt kein Wort von dem Gesagten und kann auch die Motivation des Mannes nicht verstehen. Herr Zollinger schaut sie listig an. Sollte sie für ihn jetzt eine technische Prüfung organisieren? Nach einiger Überlegung sagt sie dann mit einem betont ernsten Ausdruck:

„Herr Zollinger, ich danke Ihnen für Ihre Mitteilung. Wir werden das alles nachprüfen, und ich bitte Sie, Zürich vorderhand nicht zu verlassen und für die Polizei erreichbar zu bleiben."

„Sie verhaften mich nicht?"

Er macht einen enttäuschten Eindruck. Überzeugt, daß er von der Frau nicht ernst genommen wird, fährt er dann fort:

„Kann ich Ihren Vorgesetzten sprechen?"

„Mein Vorgesetzter ist zur Zeit sehr beschäftigt und kann Sie nicht empfangen."

Zollinger insistiert:

„Wie heißt er denn?"

„Kommissar Sprenger."

„Sagen Sie mir, wann Herr Sprenger Zeit hat. Ich kann auch warten."

Esther Correvon stellt fest, daß es schon sieben Uhr ist, erhebt sich energisch und bittet den Besucher zu warten. Sie nimmt das Dossier Zollinger unter den Arm und verläßt den Raum. In einem Nebenzimmer versucht sie, Herrn Zingg von der Firma BAA telefonisch zu erreichen. Nach einigen Bemühungen erreicht sie ihn schließlich bei sich zu Hause und kann ihm die Frage stellen, ob Gustav Zollinger für ihn am Institut für Robotik der Hochschule gearbeitet habe und was seine Kompetenzen seien.

„Zollinger kenne ich gut; er hat für mich gearbeitet. Er hat in der Tat die Installationsarbeit unseres Roboters für Professor Wyss ausgeführt. Er ist ein zuverlässiger Elektroinstallateur."

„Haben Sie von dem Unfall gehört, der sich gestern am Institut für Robotik zugetragen hat?"

„Nein, um was geht es?"

Esther Correvon erzählt ihm in einigen Sätzen den Hergang des Unfalls und macht ihn auf den in der Zeitung erschienenen Artikel aufmerksam.

„Das interessiert mich sehr. Können wir uns morgen in dieser Sache treffen?"

Sie verabreden sich am Institut für Robotik in Nelson Lohmanns Arbeitszimmer auf Mittwoch, 15 Uhr.

„Ich kann Ihnen versichern, daß Herr Zollinger gern Märchen erzählt, er hat tatsächlich von Computer-Programmierung keine Ahnung, seine Arbeit beschränkte sich auf eine untergeordnete Aufgabe. Er kennt aber oft seine Grenzen nicht. Wir mußten ihn aus solchen Gründen vor einigen Wochen entlassen."

Esther Correvon dankt, verabschiedet sich, und es gelingt ihr, Sprenger am Telefon zu erreichen:

„Da ist wieder einmal so ein Fall der Selbstanklage. Ein Mann namens Gustav Zollinger ist in meinem Zimmer und behauptet, am Unfall Nelson Lohmanns schuld zu sein. Er möchte verhaftet werden. Er hat in der Tat als Elektroinstallateur an der Einrichtung der Roboteranlage mitgewirkt, aber nach Angabe seines damaligen Vorgesetzten in einer untergeordneten Position."

„Tun Sie so, als ob Sie ihn ernst nehmen würden, und schicken Sie ihn nach Hause, aber sachte, sachte."

Esther Correvon geht zurück zu ihrem Besucher, den sie schließlich mit einiger Mühe los wird.

„Hallo, hast du noch ein Nachtessen für mich? A tout à l'heure!" hört man sie am Telefon. Mit der Straßenbahn gelangt sie zum Klusplatz, wo ihre Mutter eine ältere Dreizimmerwohnung bewohnt. Nach dem Essen plaudert sie noch kurz mit ihrer Mutter, begibt sich dann in ihr nahe gelegenes Studio. Dort installiert sie sich bequem mit einem Papierblock und läßt sich den Tag nochmals ruhig durch den Kopf gehen.

Neben dem einfachen Schlag mit einem harten Gegenstand, wie ihn der Ehemann der Portugiesin hätte ausführen können, bleibt der Schlag des Roboterarms. Der nächste Gedanke ist dann ein Versagen der Technik, aber das will keiner dieser Männer wahrhaben. Nur Gustav Zollinger will in dem Zusammenhang eine gewisse Schuld auf sich nehmen. Falls man dies ausschließt, muß es sich um einen vorprogrammierten Schlag des Roboters handeln.

Wer hat den Roboter zum Schlag programmiert? Ein Verdächtiger wird dann Markus Bauer. Er ist vor der polizeilichen Untersuchung fluchtartig abgereist an einen unbekannten Ort. Er ist Zigarettenraucher, er könnte daher derjenige gewesen sein, der im Keller des Institutes den Hauptschalter ausgeschaltet hat. Zudem lebt er in einer dauernden Computer-Fehde mit Nelson Lohmann. Ein Motiv für den tödlichen Schlag ist allerdings nicht ersichtlich.

Verdächtig ist auch der Unbekannte, der den Amateur-Journalisten Ali Hassan zu einem aggressiven Zeitungsbericht aufgehetzt hat. Handelt es sich um Markus Bauer? Da liegt ein Knoten. Hat irgendein Institutsmitglied ein Interesse daran, das Institut in einem Zeitungsbericht schlechtzumachen? Dennoch glaubt Professor Wyss, daß es sich beim Täter um ein Mitglied seines Institutes handelt. Erstens, weil nur diese imstande seien, Lohmanns Roboter zu programmieren, und zweitens, weil der Täter im Besitz eines Schlüssels mit Zugang zum Kellerraum mit dem elektrischen Hauptschalter zu sein scheint.

Wer ist der Unbekannte, der letzten Donnerstag in Nelsons Mansarde gekommen ist? Ist er der Mörder?

Es bleibt die Selbstmord-These. Um mit dieser Hypothese weiterzukommen, müßte man versuchen, Nelson Lohmanns Seelenleben besser zu erfassen. Esther Correvon zeichnet nur noch Spiralen auf das Papier und bringt kaum mehr die Konzentration auf, weiter nachzudenken. Sie gibt schließlich ihre Bemühungen auf und zieht sich zum Schlafen zurück.

Besuch im Spital

Auf dem üblichen morgendlichen Weg zur Arbeit kommt Esther Correvon an einem Kiosk vorbei und sieht den großen Titel:
„Roboterunfall ist Selbstmordversuch!"
Sie kauft sich eine Zeitung und denkt: 'Diese verflixten Journalisten!'
Zehn vor acht befindet sie sich in ihrem Büro. Sie nimmt die Notizen von gestern abend aus der schwarzen Stofftasche und beginnt, alles nochmals durchzulesen, als es an der Türe klopft und die beiden Polizisten eintreten.
Hans Hofer beginnt zu berichten:
„Apropos, über Markus Bauer haben wir aus verschiedenen Quellen Erkundigungen eingeholt, ohne seine Eltern direkt zu befragen. Diese besitzen in der Tat ein kleines Ferienhaus im Bündnerland bei Fex, im Fextal, einem abgelegenen Seitental des Engadins."
„Das ist ja völlig von der Welt abgeschlossen. Soviel ich weiß, herrscht im Fextal ein striktes Fahrverbot für Motorfahrzeuge. Hat das Ferienhaus wenigstens einen Telefonanschluß?"
„Ja, ich habe hier die Nummer."
„Besitzt Markus Bauer überhaupt ein Motorfahrzeug?"
„Hier in Zürich benutzt er oft den Wagen seiner Mutter. Er ist aber wahrscheinlich diesmal per Zug ins Engadin gefahren!"
„Das werden wir weiterverfolgen."
„Mein Kollege Daniel Wirz hat mit Doktor Lorenz, dem behandelnden Arzt von Nelson Lohmann, Kontakt aufnehmen können. Dank ihm haben wir nun eine Nahaufnahme der Wunde an Lohmanns Kopf, auf welcher man mit einiger Wahrscheinlichkeit den Einschlag des Greifers des Roboterarms erkennen kann."

Daniel Wirz übergibt der Kommissarin die Kopie der klaren Aufnahme.

„Ich werde dieses Bild einer kompetenten Person zeigen, die uns versichern kann, daß der Schlag vom Roboterarm stammt."

Esther Correvon klammert auf ihrem Notitzblatt die erste Variante, bei welcher Lohmann durch einen harten Gegenstand, nicht den Roboterarm, erschlagen worden wäre, ein. Sie erzählt ihrerseits von der Begegnung mit dem Journalisten Hassan, der am Dienstag den aggressiven Artikel zum Roboterunfall geschrieben hatte und jetzt wahrscheinlich schon wieder etwas in der Zeitung hat erscheinen lassen, aber von dem sie persönlich bis jetzt vergeblich auf ein neues Lebenszeichen warte. Dann beschreibt sie die Roboteranlage von Nelson Lohmann, die Privat-Vorlesungen, die sie von den Mitarbeitern des Institutes erhält, und wie sie auf die bizarre Hypothese vom Selbstmord per Roboter gekommen sind. Schließlich erwähnt sie noch den Fall Zollinger und das Telefonat mit dem Vertreter der Roboterfirma. Während sie den beiden Kollegen ihre Hypothesen klarlegt, läutet das Telefon. Sie meldet sich und hört eine männliche Stimme:

„Hier spricht Doktor Lorenz vom Kantonsspital. Sind Sie verantwortlich für die Aufklärung des Unfalles von Nelson Lohmann?"

„Ja, ich bin Kommissarin Correvon!"

„Ich bin der behandelnde Arzt; ich muß Ihnen die traurige Mitteilung machen, daß Herr Lohmann gestern abend um 21.30 Uhr verstorben ist."

„Kennen Sie die Todesursache?"

„Er ist offensichtlich natürlich, das heißt an den Folgen des Unfalls gestorben!"

„Das muß bewiesen werden. Wir werden in etwa einer halben Stunde bei Ihnen sein. Halten Sie sich bitte zur Verfügung. Haben Sie seine Familie schon benachrichtigt?"

„Ich habe seine Frau in Lausanne angerufen!"

„Danke für Ihren Anruf und auf bald."

Esther Correvon holt tief Atem.

„Jetzt spitzt sich die Sache zu. Nelson Lohmann ist gestorben - von ihm werden wir leider keine Information mehr kriegen. Ich will nicht zynisch sein, aber wenigstens haben wir nun einen Toten im Spiel, was unserer Arbeit mehr Gewicht gibt."

Sie erkundigt sich am Telefon, ob Sprenger erreichbar sei, und wird in kurzer Zeit mit ihm verbunden.

„Guten Tag, wir haben wichtige Neuigkeiten im Fall Nelson Lohmann. Der Mann ist letzte Nacht auf der Intensivstation des Kantonsspitals verstorben. Zudem sieht es mehr und mehr so aus, als ob das Opfer vom Roboterarm erschlagen worden wäre."

„Aha, haben Sie Verdächtige?"

„Einer der Hauptverdächtigen ist ein gewisser Markus Bauer, ein Mitarbeiter des Institutes für Robotik, der sich wahrscheinlich zur Zeit in einem abgelegenen Chalet im Bündnerland aufhält. Da möchte ich Sie bitten, uns die Genehmigung zu verschaffen, daß sein Telefon abgehört wird."

„Einverstanden, ich werde das Nötige veranlassen. Haben Sie sonst noch ein Anliegen? Ich bin sehr besetzt im Moment, aber vielleicht können wir uns heute abend um 18 Uhr mit Ihren beiden Gehilfen zu einer Lagebesprechung treffen?"

„Einverstanden, auf heute abend!"

Esther Correvon läßt sich von ihren Kollegen die Telefonnummer des Chalets Bauer im Fextal geben, füllt das entsprechende Formular aus. Dann verlassen die drei den Raum.

Von einem chauffierten Dienstwagen lassen sich die drei zum Kantonsspital fahren. Während der Fahrt richtet sich Esther Correvon an Hans Hofer:

„Wir sind bei der Besprechung unterbrochen worden. Ich möchte auf Ihren Bericht vom Besuch in Lohmanns Mansarde zurückkommen. Konnte die Hauswirtin Ihnen keine Beschreibung des Mannes geben, der am Donnerstagabend in Lohmanns Zimmer gekommen ist? Das könnte doch vielleicht der Täter sein?"

„Sie hat ihn nicht gesehen. Sie hat ihn nur gehört. Gegen 22 Uhr ist Lohmann mit diesem fremden Herrn die Treppe hinaufgegangen. Die beiden Herren hätten heftig diskutiert, aber sie habe nicht verstanden, um was es gegangen sei. Nach etwa einer halben Stunde habe der Fremde die Mansarde leise wieder verlassen."

Im Spital angekommen, werden sie von Doktor Lorenz empfangen und in ein kleines Besprechungszimmer geführt, wo alle um einen Tisch Platz nehmen. Esther Correvon muß feststellen, daß Lorenz einer jener selbstsicheren Ärzte ist, für die die Menschheit nur aus Ärzten, Patienten und vielleicht noch Krankenschwestern besteht. Eine heftige Diskussion zwischen dem Arzt und Esther Correvon entfacht sich sogleich:

„'Das muß bewiesen werden', haben Sie mir am Telefon gesagt. Was wollen Sie damit sagen? Stellen Sie meine Kompetenz in Frage?"

„Wir müssen im Fall Lohmann die Todesursache genau kennen!"

„Nach einem schweren Unfall mit Schädelfraktur, wie ihn Herr Lohmann erlitten hat, ist es eine häufige Erscheinung, daß das Opfer nach einigen Stunden im Koma dem Trauma erliegt!"

„Es handelt sich sehr wahrscheinlich nicht um einen Unfall, sondern um einen gezielten Tötungsversuch. Der Täter hat möglicherweise mit dem Roboterschlag seine Absicht nur halb erfüllt und hat vielleicht der Erreichung seines Ziels mit einem anderen Mittel nachgeholfen!"

„Wer soll das in unserem Fall gewesen sein? Sie beschuldigen wohl nicht das Personal des Spitals? Auf der Intensivstation lassen wir als Besucher nur die nächsten Angehörigen zu, und auch diese nur für kurze Besuche!"

„Hat Herr Lohmann gestern oder vorgestern Besuch erhalten?"

„Vorgestern bestimmt nicht, das kann ich persönlich bestätigen, und was gestern gegangen ist, läßt sich leicht nachprüfen."

Doktor Lorenz verlangt per Telefon eine Krankenschwester und bittet sie, die gestrige Liste der Besucher der Intensivstation zu bringen.

„Die Polizei muß alle Möglichkeiten absichern. Sie dürfen das nicht als Mißtrauen an Ihrer medizinischen Kompetenz betrachten."

Die Krankenschwester betritt das Zimmer mit einigen Papieren, die sie auf den Tisch vor den Arzt hinlegt. Sie bleibt unschlüssig stehen, worauf er sie bittet, noch einen Moment zu verweilen.

„Sehen Sie, auf diesem Blatt haben wir die Personalien und die Unterschriften von den zwei Personen, die gestern Herrn Lohmann auf der Intensivstation besucht haben."

Es war deutlich zu lesen.

- Lohmann Karin
  Ehefrau   Jg.1967   15.45 bis 16.00   P
- Lohmann Maximilian
  Bruder   Jg. 1963   17.55 bis 18.05   F

„Wie überprüfen Sie die Angaben, die Ihnen die Besucher machen?"

„Wir verlangen einen persönlichen Ausweis: die Identitätskarte, den Paß oder sonst den Fahrausweis!"

„Wissen Sie, welchen Ausweis die auf dem Blatt vermerkten Personen vorgewiesen haben?"

„Das wird notiert: 'I' für Identitätskarte, 'F' für Fahrausweis, 'P' für Paß!"

„Dürfen wir dieses Blatt haben, im Original?"

Die Krankenschwester nimmt den Auftrag für eine Fotokopie an und verläßt den Raum. Doktor Lorenz ist immer noch irritiert:

„Vermuten Sie, daß der Patient von einem Besucher vergiftet worden ist?"

„Das wäre eine Hypothese. Wir verlangen daher jetzt eine gerichtsmedizinische Autopsie des Verstorbenen und eine polizeiliche Analyse aller Teile der Intensivstation, die mit dem Patienten in Berührung gekommen sind."

„Letzteres wird schwierig sein, es ist doch wohl das meiste schon auf dem Weg zur Verbrennung!"

„Herr Daniel Wirz wird gleich hierbleiben, um die Untersuchung des Materials in die Hand zu nehmen. Ich bitte Sie, ihn bei seiner Arbeit zu unterstützen!"

Doktor Lorenz ist offensichtlich unzufrieden mit dem Gang der Dinge, aber er fügt sich mit einem säuerlichen Lächeln und verspricht, dem jungen Polizisten behilflich zu sein. Die Krankenschwester kommt zurück mit den Besucherlisten und der gewünschten Fotokopie. Esther Correvon nimmt das Original von Lohmanns Besucherliste entgegen und läßt ihr die Kopie zurück.

Doktor Lorenz wirft ihr einen bösen Blick zu, sagt aber kein Wort. Dann werden noch einige formelle Aspekte für die weiteren Untersuchungen in Ordnung gebracht, bevor sich Esther Correvon und Hans Hofer verabschieden.

Esther Correvon setzt sich ein

„Inzwischen ist es halb elf", stellt Esther Correvon fest, als die beiden das Spital verlassen, „darf ich Sie in einen nahen Tea Room zu einem Kaffee mit kurzer Lagebesprechung einladen?"
Sie machen sich zu Fuß auf den Weg, und nach einer Weile fährt sie fort:
„Es sind zwei neue Verdächtige aufgetreten, Nelson Lohmanns Frau und Nelson Lohmanns Bruder. Ich wäre froh, wenn Sie die Piste 'Bruder' sogleich mit Hochdruck anpacken würden. Seine Personalien werden Sie leicht ausfindig machen können, und dann versuchen Sie ihn persönlich oder wenigstens telefonisch zu erreichen. Fragen Sie ihn aus, um möglichen Motiven auf die Spur zu kommen."
„Was machen wir mit Frau Lohmann?"
„Ich glaube kaum, daß Sie bis heute abend auch das noch erledigen können. Natürlich sollten wir auch sie ausfragen, aber der Bruder des Opfers kommt mir im Moment wichtiger vor."
Angekommen im Tea Room Kullmannhof, installieren sie sich an einem kleinen Tisch und bestellen Kaffee. Sie überreicht ihm die Besucherliste mit den beiden Namen.
„Machen Sie eine gute Fotokopie, und lassen Sie bitte die beiden Unterschriften überprüfen, aber verlieren Sie das wertvolle Original nicht."
Er schaut das Blatt von nahem an und bemerkt:
„Mir scheint die Unterschrift des Bruders etwas wacklig."
„Das kann schon sein. Schauen Sie sich die Sache genau an!"
Sie ruft den Kellner und bezahlt die Rechnung.
„Ich werde jetzt versuchen, Ali Hassan, den Journalisten, der offensichtlich weiterhin die Presse mit Mist beliefert, zu erreichen und dann Professor Wyss. Für den Rest des Tages beschäf-

tige ich mich mit Nelson Lohmanns Roboter. Wir werden uns heute abend, sechs Uhr, im Amt bei Sprenger treffen!"

Mit der richtigen Überlegung, daß sie den Journalisten erwische, solange er seine Assistentenfunktion bei den Übungen der Studenten ausführe, gelangt sie nach einigen Nachforschungen in einen großen Übungssaal des Maschinenlabors. Sie prüft rasch mit einem kleinen Spiegel ihr Make-up und öffnet dann leise die Türe, stellt sich in eine Ecke des Saales und erkennt Ali, wie er von Tisch zu Tisch geht und mit den über ihre Aufgaben gebeugten Studenten spricht. Beeindruckt von seinem Einsatz und seinem intensiven Kontakt mit den Studenten hat sie Hemmungen, ihn bei der Arbeit zu stören. Leise geht sie auf ihn zu und berührt seine Schulter. Er schrickt zusammen und stottert:

„Sie hier! Ich hab keine Zeit! Was wollen Sie?"

„Können wir uns kurz sprechen, unter vier Augen?"

„Sehen Sie nicht, daß ich voll beschäftigt bin?"

„Es geht um einen Mord. Wir brauchen Ihre Hilfe."

Die Studenten um sie herum werden aufmerksam. Ali Hassan macht einen äußerst nervösen Eindruck:

„Gut, gehen wir kurz in den Gang hinaus."

Die Türe fällt ins Schloß, Esther Correvon entschuldigt sich bei Ali Hassan für ihren 'Überfall' und geht dann auf die Sache ein:

„Nelson Lohmann ist letzte Nacht gestorben, und wir sind nun fast sicher, daß er dem willentlichen Akt eines Übeltäters zum Opfer gefallen ist."

„Er ist also ermordet worden?"

„Sehr wahrscheinlich, ja. Sie müssen uns helfen. Ihre Aussage ist für die Aufklärung des Falles sehr wichtig. Sie haben gesagt, daß Sie von einem Studenten gehört hatten, daß am Institut für Robotik etwas passiert sei, und daß Sie dann gleich hingegangen seien, um Näheres zu erfahren."

„Ein Student hatte mich angerufen."

„Es war also einer, der wußte, daß Sie journalistisch tätig sind. Wir müssen unbedingt herausfinden, wer Ihnen die telefonische Mitteilung gemacht hat."

„Es war irgendein Student, den ich nicht kenne."

„Woher wissen Sie, daß es ein Student war?"

„Er hat mir gesagt, er sei Student."

Er errötet, seine Aussage klingt nicht unbedingt glaubhaft.

„Sie haben zur Hypothese Selbstmord einen Artikel erscheinen lassen. Könnte daher der Informant Nelson Lohmann selbst gewesen sein?"

Ali schaut sie zunächst ganz entsetzt an und meint dann: „Warum nicht?"

„Woher haben Sie die Hypothese 'Selbstmord' erfahren?"

„Von einem Mitglied Ihrer Informatikgruppe."

„Das glaube ich nicht. Von wem?"

„Von Rolf van Huysen."

Esther Correvon schluckt ihre Wut hinunter und läßt sich nichts anmerken.

„Kennen Sie Markus Bauer?"

„Den Assistenten am Institut für Robotik?"

„Ja, kennen Sie ihn?"

„Nur flüchtig."

„Könnte er am Montag angerufen haben?"

Ali Hassan zuckt mit den Schultern.

„Kennen Sie einen Bruder von Nelson Lohmann?"

„Ich wußte gar nicht, daß er einen Bruder hat."

„Die Verheimlichung wichtiger Tatsachen in einer Mordsache ist ein Grund, festgenommen zu werden. Ich könnte Sie aus diesem Grund verhaften. Ich tue es im Moment noch nicht, aber ich ersuche Sie dringlich, die Tatsache, daß es sich wahrscheinlich um einen Mord handelt, nicht journalistisch auszuwerten. Sie fügen mit Ihren Zeitungsmeldungen dem Institut für Robotik und somit der Technischen Hochschule großen Schaden zu. Sie haben daher ein persönliches Interesse, der Polizei bei der Aufklärung des Falles Nelson Lohmann behilflich zu sein. Überlegen Sie sich das gut! Auf Wiedersehen."

Sie dreht sich um und geht weg. Auf der Straße angelangt, gibt sie dem entsprechenden Dienst den Auftrag herauszufinden, von welcher Teilnehmernummer am Montag gegen 11.45 Uhr der interne Anschluß von Ali Hassan angewählt worden ist. Dann versucht sie, auch mit dem Mobiltelefon, Professor Wyss zu erreichen. Frau Hotz nimmt den Anruf an und verspricht ihr:

„Ich werde alles tun, den Professor nach der Vorlesung abzufangen. Am besten kommen Sie um zwölf Uhr in sein Büro."

Punkt zwölf Uhr trifft sie vor dem Zimmer des Professors ein. Er empfängt sie freundlich und will gleich wissen, ob im Fall Nelson Lohmann ein Fortschritt erreicht worden sei.

„Nelson Lohmann ist letzte Nacht gestorben."

„Das habe ich inzwischen erfahren; aber ich möchte wissen, ob man Neues weiß über den Ablauf des Unfalls. Kommen Sie, setzen Sie sich. So können wir uns unterhalten."

Esther Correvon nimmt zwischen all den Papieren Platz und beginnt zu berichten:

„Um einen Unfall handelt es sich kaum. Der erste Gedanke besteht immer noch darin, daß Nelson Lohmann von hinten mit einem harten Gegenstand erschlagen worden ist. Da könnte der Täter möglicherweise der eifersüchtige Ehemann der Portugiesin der Reinigungsmannschaft gewesen sein, mit welcher Lohmann eine Liebschaft unterhalten hat."

„Eine interessante Hypothese!"

„Falls der Schlag vom Roboter ausgeführt worden ist, sind die Mitarbeiter des Institutes verdächtigt, und zwar in erster Linie Markus Bauer, der bekanntlich gleich nach dem Unfall verschwunden ist."

„Es würde mich sehr wundern, wenn Markus Bauer ein Mörder wäre."

„Zudem könnte es sich möglicherweise um Selbstmord handeln, da wir in den Papieren Nelson Lohmanns von ihm geschriebene Unterlagen gefunden haben für die Programmierung der Bewegung des Roboterarmes in Richtung des Kopfs des Operators."

„Darüber habe ich in der Zeitung gelesen, aber das erscheint mir doch sehr unwahrscheinlich. Allerdings kann ich bestätigen, daß Lohmann einen depressiven Zug hatte; ich kann mir aber nicht vorstellen, daß sich jemand auf diese Weise umbringt. Von der Affäre mit der Portugiesin habe ich kürzlich gehört. Ich kann Ihnen nur sagen, daß in meiner Jugend die sittlichen Regeln in solchen Sachen viel strenger waren. Wäre vor vierzig Jahren so etwas passiert, wäre Nelson Lohmann unverzüglich von seinem Chef auf die Straße gesetzt worden. Heute sind wir viel toleranter bei Seitensprüngen dieser Art. Und wissen Sie, im Interesse der Entwicklung der Menschheit, von einem ethischen Standpunkt aus, müßten solche außerehelichen Beziehungen sogar unterstützt werden."

„Mit einem eher erstaunten Gesicht sagte Esther Correvon:

„Das verstehe ich nun überhaupt nicht!"

„Haben Sie einige Minuten Zeit? Dann werde ich Ihnen das in etwas vereinfachter Form erklären!"

Esther Correvon denkt sich, daß sie die Ansichten des Professors anhören sollte, auch wenn das Thema mit der Aufklärung des akuten Falls nichts zu tun hat. Ist sie doch neugierig zu erfahren, wie ein Professor die intime Beziehung eines Assistenten mit einer Frau der Reinigungsmannschaft ethisch rechtfertigen konnte:

„Fahren Sie fort, es interessiert mich sehr!"

„Mein Standpunkt stützt sich auf Darwin und die Neodarwinisten. Seit Jahrtausenden leben die Menschen in Paaren. Unsere jüdisch-christliche Kultur sieht in der Verheiratung aller Individuen das Ideal. Die Ehe sichert die geordnete Erziehung des Nachwuchses. Falls nun die Paare aus allen sozialen Schichten die gleiche Anzahl von Kindern haben, was im Mittel der Fall ist, bleibt das genetische Erbgut einer streng monogamen Gesellschaft konstant. Die natürliche Selektion nach Darwin ist nicht mehr wirksam, und es findet keine genetische Entwicklung statt; im Gegenteil, durch zufällige Mutationen, die sich bekanntlich mehrheitlich negativ auf das genetische Material auswirken, würde sich das genetische Erbgut im Mittel verschlechtern."

„Das leuchtet mir ein. Ich habe mir schon so etwas gedacht bei dem heute in China geltenden System, wo jedes Paar nur Anrecht auf ein einziges Kind hat. Da ist doch gewiß infolge der zufälligen Mutationen der Gene mit einer Verschlechterung des mittleren genetischen Materials zu rechnen."

„Ja, da haben Sie ganz recht. Die Abhilfe gegen die genetischen Nachteile unserer monogamen Gesellschaftsordnung ist der Seitensprung. Es ist ja bekannt, daß Frauen zunächst meist Männer aus der gleichen sozialen Schicht wie sie selber wählen, aber dann meist einen Geliebten aus einer höheren Schicht wählen, wie sie am Beispiel unserer Portugiesin feststellen. Die Frauen wählen sich als ihre Liebhaber Männer, die ihrer Meinung nach irgendwie bessere Eigenschaften haben als ihr Ehemann, wie zum Beispiel angesehene Politiker, Sportler, Künstler oder Wissenschaftler. Aus diesen außerehelichen Beziehungen entspringen oft Kinder. Die Frauen wählen gewissermaßen durch ihre Seitensprünge, in welcher Richtung das genetische Material der Menschheit sich entwickelt!"

„Eine solche Theorie habe ich noch nie gehört."

„Die Männer ziehen für ihre Abenteuer Frauen aus niedrigeren sozialen Schichten vor, vielleicht mit speziellen sexuellen Attributen. Im Extremfall sind es sogar Prostituierte, die im allgemeinen keine Kinder kriegen!"

„Gerne möchte ich dieses Thema weiterverfolgen. Haben Sie Literatur dazu?"

„Ich lese gerade ein Buch auf englisch von einem Biologen, der das Thema ausführlich behandelt: Jared Diamond. 'The rise and fall of the third chimpanzee'."

Esther Correvon zieht einen Notizblock aus der schwarzen Tasche und schreibt sich den Titel auf. Dann kramt sie die neuen Aufnahmen der Kopfwunde von Nelson Lohmann aus der Tasche, um sie dem Professor zu zeigen.

„Die hätten Sie mir schon lange zeigen sollen. Da sieht man ganz eindeutig, daß der Schlag vom Greifer des Industrieroboters herrührt. Damit scheidet die Hypothese mit dem von hinten schlagenden Täter endgültig aus. Lohmann ist tatsächlich vom Roboter erschlagen worden. Wie schon gesagt, scheint mir die These Selbstmord ganz unwahrscheinlich."

Mit der Feststellung, daß es schon nach ein Uhr ist, erhebt sich Esther Correvon.

„Mir scheint es auch absurd. Ich werde heute nachmittag die Arbeit mit der Informatikgruppe weiterführen und werde Sie über das Ergebnis informieren. Den Autor der Zeitungsartikel konnten wir ausfindig machen, aber im Interesse der Untersuchung möchte ich Ihnen seinen Namen noch nicht mitteilen!'"

Nachdem sie sich von Professor Wyss verabschiedet hat, begibt sie sich in Nelson Lohmanns Arbeitsraum, um dort in aller Ruhe, vor dem Erscheinen der drei Assistenten, die Papiere zu durchsuchen. Der erste der beiden Stahlschränke ist in der Tat voller Bücher, teils mit Lohmanns Namen beschriftet, teils aus Bibliotheken. Vor allem sind es wissenschaftliche Werke über Roboter, künstliche Intelligenz und ähnliches. Der zweite Schrank enthält viele Ordner und einige mit Daten und Themen beschriftete Hefte. Esther Correvon staunt über die in allen Papieren herrschende Ordnung. Sie findet tagebuchartig geführte, sauber beschriebene Laborhefte und denkt sich: 'Da sollte es ein leichtes sein, die Geschehnisse der letzten Stunden vor dem Unfall zu rekonstruieren.' Im Schrank findet sie aber das letzte der Laborhefte nicht. Zudem stellt sie fest, daß die meisten Notizen in einem Fachjargon verfaßt und daher für sie unverständlich sind.

Sie setzt die Suche im Schreibtisch fort und findet dort tatsächlich das Laborheft mit Aufzeichnungen der letzten Wochen. Leider ist auch in dem Falle das meiste für sie unverständlich, aber sie findet die Erwähnung von Namen und von Initialen. Sie trifft gleich zu Beginn auf den Namen Markus Bauer, in den letzten Notizen stößt sie auf die Initialen T. M., gefolgt von technischen Begriffen. 'Da habe ich ein wichtiges Dokument in den Fingern', denkt sich Esther Correvon. 'Leider kann ich es allein nicht entziffern. Da müssen mir die Assistenten behilflich sein. Vielleicht haben aber gewisse Leute ein Interesse daran, das Dokument zu vernichten.' Als Lehre aus dem früheren von ihr erfolgreich geführten Fall Jan Diener beschließt sie daher, das vorliegende Laborheft sofort zweimal zu fotokopieren. Vorsichtig schließt sie alles wieder ab, verläßt den Raum und erreicht die Sekretärin in ihrem Zimmer. Diese ist gerade dabei, das letzte Stück eines Apfels zu essen.

„Dürfte ich Ihr Fotokopiergerät benutzen?"

„Gerne! Ich bin Ihnen behilflich."

Fortsetzung des Roboterunterrichts

Die drei Mitarbeiter der Informatikgruppe warten geduldig vor der Türe von Nelson Lohmanns Arbeitsraum. Esther Correvon kommt kurz nach zwei Uhr mit energischem Schritt daher, an der einen Seite die schwarze Tasche und unter dem anderen Arm das wertvolle Laborheft von Nelson Lohmann. Während sie die Verriegelung öffnet, fängt sie zu berichten an:

„Haben Sie gehört, daß Nelson Lohmann gestorben ist?"

„Die Meldung zirkuliert am Institut! Kennt man die Todesursache?"

„Wir nehmen an, daß der verhängnisvolle Schlag vom Roboterarm ausgeführt worden ist. Somit kann die Hypothese mit der Portugiesin wahrscheinlich fallengelassen werden. Über die Ursache, die zum Tod Lohmanns im Spital geführt hat, wissen wir noch nichts Genaues. Übrigens habe ich mich heute früh maßlos geärgert, als ich die Schlagzeile 'Roboterunfall ist Selbstmordversuch' gesehen und dann auch den dazugehörigen Artikel gelesen habe. Ich habe inzwischen erfahren, daß diese Informatikgruppe, die doch zur Diskretion verpflichtet ist, die Meldung an Ali Hassan weitergeleitet hat. Jetzt möchte ich wissen, warum die Information der Hypothese Selbstmord an Ali Hassan weitergegeben worden ist!"

„Gestern abend habe ich Ali im Schachklub getroffen", beginnt Rolf van Huysen etwas betroffen, „und habe ihm lauter Vorwürfe an den Kopf geworfen über den ersten Zeitungsartikel, den er auf dem Gewissen hat. Er hatte sich offensichtlich nicht Rechenschaft gegeben über die Tragweite seines journalistischen Meisterwerkes und hat mich dann gefragt, was er tun könnte, um die Sache wieder einzurenken. Darauf habe ich ihm die Hypothese mit dem Selbstmord mittels Roboter mitgeteilt, die den Vorteil hat, daß sie dem betroffenen Professor die Mitschuld weitgehend nimmt. Hierauf hat er begeistert den Schachklub verlassen, um sofort etwas für die Zeitung zu verfassen!"

„In dem Fall kann ich Ihre Indiskretion verstehen."

Wie am Vortage installieren sich die vier um den Tisch in Lohmanns Arbeitszimmer, und Esther Correvon beginnt mit beruhigter Stimme:

„Nun zurück zu unserem Roboter: Was ist heute unser Programm? Ich habe inzwischen in Lohmanns Schreibtisch ein wichtiges Dokument gefunden, und Sie müssen mir behilflich sein, es zu entziffern. Dann werden Sie mir berichten, was Sie in den beiden Dossiers 'Würfel' und 'Kopf' weiteres entdeckt haben. Schließlich werden wir das Laborheft ansehen, um es zu entziffern. Um drei Uhr wird Herr Zingg von der Firma BAA vorbeikommen."

„Ich habe mir die Programmvorbereitungen genau angesehen", fährt nun Fabienne Dupont fort. „In den Grundzügen sehen die beiden Programme sehr ähnlich aus, aber bei genauer Betrachtung der Ausarbeitung stellt man fest, daß sie für zwei verschiedene Computersysteme bestimmt sind. Ich bin fast sicher, daß das Programm 'Würfel' wohl für das Computersystem von Nelson Lohmann ausgelegt ist, während das Programm 'Kopf' aussieht, als wäre es für das System von Markus Bauer geschaffen."

Esther Correvon schüttelt ungläubig den Kopf:

„Sind beide Programmvorbereitungen mit der gleichen Handschrift verfaßt?"

„Ganz bestimmt, mit der sauberen, ordentlichen Handschrift von Nelson Lohmann."

„Das heißt, daß möglicherweise Nelson Lohmann einen Tötungsversuch an Markus Bauer unternommen hat!"

„Es sieht fast so aus."

Hier greift David Wegmann in die Diskussion ein:

„Das Ganze kann verständlich werden vor dem Hintergrund der ständigen Fehde der beiden. Ich will nun versuchen, Ihnen, wie Sie gewünscht haben, die Natur dieser Streitereien zu erklären. Ich muß dazu etwas ausholen. Unser Chef, Professor Wyss, ist nicht mehr der Jüngste. Er hat in einer weitreichenden Vision vor einigen Jahren beschlossen, sich der Forschung auf dem Gebiet der Robotik zu widmen. Mit seiner großen Erfahrung auf den Sektoren Produktionstechnik, Mechanik und Elektronik war er zunächst sehr erfolgreich, dann wurde es aber immer schwieriger für ihn, mit der modernen Robotik Schritt zu halten, da sich diese zunehmend der Informatik nähert und vertiefte Kenntnisse der modernen Informatik erfordert. Die heutigen Probleme der Robotik sind in vielen Fällen solche der Informatik, es sind Probleme der künstlichen Intelligenz, Probleme der parallel ablaufenden Programme, Probleme der vernetzten Systeme und weiteres mehr. Um zu erreichen, daß sein Institut für Robotik auch auf den neuen Gebieten der Roboter auf der Höhe bleibt, und zwar hinsichtlich Forschung und Lehre, muß sich der Professor mit kompetenten Mitarbeitern umgeben. Da er die Leistungen seiner Leute selbst nicht mehr beurteilen kann - er ist zu alt, um der modernen Informatik nachzukommen -, setzt er begabte junge Leute Konkurrenzsituationen aus."

Hierauf bemerkt Esther Correvon:

„Markus Bauer und Nelson Lohmann sind von Professor Wyss in eine solche Situation gebracht worden."

„Ja, schon am Anfang ihrer Anstellung vor etwa zwei Jahren wußten sie dies. Markus Bauer, ein diplomierter Physiker, war zuerst da. Als er hier anfing, war er derjenige am Institut, der die Informatik am besten beherrschte. Er stand allen Kollegen mit Rat und Tat bei. Kurz danach tauchte Nelson Lohmann auf. Er war ausgebildeter Informatiker und war gleich irritiert von dem Tun des 'Dilettanten' Markus Bauer. Als erstes gelang es ihm, seinem Kollegen über das lokale Netz der Hochschule den Zugang zu seinem eigenen Computer zu blockieren. Alle Computer des Instituts sind untereinander verbunden über das interne Netz, an welchem auch Drucker und andere Peripheriegeräte angeschlossen sind.

Kurz darauf ist es Markus Bauer gelungen, ihm als Revanche, auch über das interne Netz, einen Virus in seinen Computer zu

setzen. Alle Bilder auf dem Bildschirm von Nelson Lohmann erschienen spiegelverkehrt, das heißt links und rechts waren vertauscht. Und so ging das Spiel weiter und behinderte schließlich auch andere Mitarbeiter des Institutes, bis dies dem Chef zu Ohren kam. Dieser wollte sich in den Streit der beiden Widersacher nicht direkt einmischen und hat mich beauftragt, die beiden Herren zur Mäßigung zu bringen. Das Programm 'Kopf' sieht wie ein Bestandteil dieses gegenseitigen Spieles aus."
Esther Correvon dankt David Wegmann für seine ausführlichen Darlegungen und bemerkt:
„Jetzt kann ich auch verstehen, warum Markus Bauer abgereist ist, auch wenn er vielleicht am Tod Nelson Lohmanns nicht direkt schuldig ist!"
Sie läßt sich noch einige Fragen beantworten, als heftig an die Türe geklopft wird. Auf das mehrstimmige „Herein" erscheint ein elegant gekleideter Mann in der Türe:
„Mein Name ist Zingg, ich bin Ingenieur bei der Roboterabteilung der Firma BAA und mit Kommissar Correvon auf drei Uhr hier verabredet."
Esther Correvon erhebt sich, reicht dem Besucher die Hand und nimmt ihm seinen Mantel ab. Sie stellt ihm die drei Mitglieder der Informatik-Gruppe vor, mit Angabe ihrer Rolle für die Aufklärung des Falles, und er verteilt Visitenkarten. Während Rolf van Huysen aus dem Nachbarraum einen weiteren Stuhl beschafft, wiederholt sie die Beschreibung des Unfalls. Nachdem sie einige der Ereignisse der letzten Tage durchgegangen ist, kommt sie zur abschließenden Bemerkung:
„Es handelt sich entweder um einen Unfall, das heißt ein Versagen der Steuerung des Roboters, oder um einen vorprogrammierten Tötungsversuch."
Zingg macht ein nachdenkliches Gesicht, erhebt sich, um die Roboteranlage im einzelnen anzuschauen, setzt sich wieder und beginnt eine Erklärung:
„Roboteranlagen sind in der Tat gefährlich, wie Sie es in der Zeitung lesen konnten. Besonders gefährlich sind Industrierobo-

ter wie das vorliegende Modell, die nicht von ihrem üblichen Schutzgitter umgeben sind. Bei Robotern für Forschungszwecke verzichtet man auf Sicherheitsvorrichtungen, die die Arbeit des Forschers behindern würden. Im Kaufvertrag ist daher bei solchen Anwendungen jegliche Haftung des Roboterherstellers für Unfälle ausgeschlossen."

„Bevor wir auf Probleme der Haftung eingehen, möchten wir wissen, wie sich das Ganze zugetragen hat."

„In dem speziellen Fall wurde die Steuerung des Roboters an einen Computer angeschlossen, was wir Roboterhersteller ganz allgemein nicht gerne sehen. Es ist heute sehr unwahrscheinlich, daß eine Robotersteuerung eine Bewegung ausführt, die ihr nicht von außen, das heißt in dem Falle vom Computer, befohlen worden ist."

„Hat Ihre Firma den Anschluß des Roboters an den Computer vorgenommen?"

„Nein, das liegt nicht in unserer Kompetenz!"

„Liegt dies in der Kompetenz der Computerfirma?"

„Kaum! Aber es gibt Spezialisten für solche Aufgaben. Ich weiß, daß im vorliegenden Fall ein Ingenieur namens Thomas Müller zugezogen worden ist. Wir haben uns bei der Installation des Roboters verpflichtet, den Anschluß des Roboters an den Computer zu bewerkstelligen. Zu diesem Zweck haben wir den Spezialisten Müller engagiert. Ich kann Ihnen seine Koordinaten geben."

Esther Correvon erinnert sich sogleich an die Initialen T. M. im Laborheft von Nelson Lohmann und nimmt die Adresse mit Interesse entgegen. David Wegmann bemerkt:

„Um mit der Arbeit voranzukommen, wäre es hilfreich, einem Fachmann wie Herrn Müller einige Fragen stellen zu können."

Es werden mit Herrn Zingg noch einige Probleme erörtert, was aber nicht viel weiterhilft, und der elegante Herr Zingg der Firma BAA verabschiedet sich bald mit großer Freundlichkeit."

„Ich muß einen Kaffee haben! Gehen wir rasch auf einen Sprung in den Tea Room, bevor wir im einzelnen das Laborheft von Nelson Lohmann zerpflücken", schlägt Esther Correvon vor. Im Vorbeigehen tritt sie zu Frau Hotz, um sie zu bitten, Herrn Thomas Müller auf morgen früh ins Institut kommen zu lassen, oder, falls möglich, noch heute um fünf Uhr.

Was steht im Laborheft?

Beim Kaffee erfährt sie gesprächsweise, daß Thomas Müller ein ehemaliger Mitarbeiter des Institutes sei, der aber seine Doktorarbeit nie abgeschlossen habe. Er habe für verschiedene Industriefirmen gearbeitet und dabei viel Geld verdient. Er habe sich vor einigen Wochen einen rassigen Wagen, einen Porsche, gekauft. Heute sei er ein hervorragender, selbständig arbeitender Software-Spezialist für Roboteranwendungen.

Auf dem Rückweg zum Labor kommt sie bei Frau Hotz vorbei, wo sie die Mitteilung erhält, daß Herr Müller heute kurz nach fünf Uhr im Institut vorbeikommen werde.

Bevor die Verriegelung von Nelsons Arbeitsraum wieder aufgeschlossen wird, stellt Esther Correvon die Frage:

„Könnten wir die Roboteranlage von Markus Bauer besichtigen?"

„Nichts leichter als das. Sein Zimmer liegt auf der gleichen Etage!"

Die Anlage sieht ähnlich aus, allerdings alles in einem etwas kleineren Maßstab. Der Arm des Roboters ist nur halb so lang, die ganze Anlage steht nicht auf dem Boden, sondern auf einer massiven Werkbank.

„Haben wir keinen Zugriff auf die Laborhefte von Markus Bauer?"

„Er hat alles abgeschlossen und ist mit den Schlüsseln verreist. Zudem führt er keine so ordentlichen Laborhefte wie Nelson Lohmann."

Nach dem kurzen Besuch begeben sich die vier wieder an den Unfallort, wo Esther Correvon die Verriegelung aufschließt.

„Schauen wir uns die letzten Seiten des Laborheftes von Nelson Lohmann an!"

Die drei Experten setzen sich auf dieselbe Seite des Tisches und schauen sich Seite für Seite an. Esther Correvon versteht von den zahlreichen Kommentaren kaum etwas, und David Wegmann faßt nach kurzer Zeit zusammen:

„Man kann deutlich drei Arten von Aufzeichnungen unterscheiden, zunächst Dinge, die Nelsons Doktorarbeit betreffen, dann einiges, das den Interventionen von Markus zuzuschreiben ist, und schließlich weitere Überlegungen allgemeiner Art. Wenn wir nachsehen, was bei Nelson in den letzten Wochen gelaufen ist, so erkennen wir bei den Beobachtungen von Aktionen, die ihm Markus angetan hat, eine kurze Beschreibung eines 'Reflexsystems'. Soviel ich verstehe, beinhaltet dieses System, daß alle Sachen wie Programme, Befehle, Viren etc., die von Nelson an Markus geschickt werden, vom System sogleich erkannt, angepaßt und zurückgesendet werden. Es ist Markus gelungen, das System so schlau zu gestalten, daß das Rückgesendete sogleich wirksam wird auf Nelsons Computer. Ein Beispiel könnte das Programm 'Kopf' sein. Nelson hatte es aufgestellt, damit der Roboter von Markus den Kopf des Operators aufsucht. Das 'Reflexsystem' sorgt nun automatisch dafür, daß das Programm 'Kopf' von Markus Bauers Computer auf denjenigen von Nelson reflektiert wird, so daß beim Einschalten von Nelsons Anlage der Roboter Nelsons den Kopf des Operators anvisiert."

„Das ist schwer zu verstehen. Aber liege ich richtig, wenn ich zu dem Schluß komme, daß Markus Bauer einen wesentlichen Teil der Schuld am Unfall tragen könnte?"

„Ja, das sieht so aus. Bevor wir aber endgültig einen solchen Schluß ziehen, müssen wir die Notizen gründlicher studieren, um der Sache sicher zu sein."

„Ich überlasse der Informatikgruppe eine Kopie des Laborheftes von Nelson Lohmann, um es studieren zu können. Vielleicht wird es Ihnen möglich sein, morgen früh die Roboteranlage wie am Unfalltag in Betrieb zu setzen, damit wir sehen können, wie das abgelaufen ist. Ich überlasse Ihnen auch den Schlüssel zum

Lokal. Beides, die Kopie des Laborheftes und den Schlüssel, dürfen sie nicht aus der Hand geben!"

Nach einer kurzen Besinnungspause fährt Esther Correvon fort: „Können Sie mir sagen, welche Arbeiten Nelson Lohmann in der letzten Woche sonst ausgeführt hat?"

Hier schaltet sich Etienne Dupont ein.

„Ich hatte mit Nelson einige Male diskutiert, und wir finden die Spuren in seinen Notizen. Er hat seinen Computer an ein internationales Netz angehängt, um von amerikanischen Datenbanken zu profitieren. Er hat zum Beispiel versucht, seinen Roboter durch verbale Befehle zu steuern. Zunächst waren es englische Wörter, die er mit seiner Tastatur eingab, Wörter wie 'grasp' für packen oder 'release' für loslassen, aber sein Ziel war die verbale Befehlseingabe."

„Das ist aber ein ehrgeiziges Ziel!"

„Die Erkennung von gesprochenen Wörtern ist ein besonderes Gebiet, das in der modernen Informatik behandelt wird und auf vielen Gebieten Anwendung findet. Nelson konnte sich da auf Resultate stützen, die von IBM und anderen Forschergruppen erarbeitet worden waren. Die Resultate verschiedener Gruppen sind über internationale Netze zugänglich!"

Ein sachtes Klopfen an der Türe. Die Türe öffnet sich langsam, und ein junger, ungepflegt wirkender Mann tritt mit leisen Schritten ein.

„Frau Hotz, die Sekretärin, hat mich gebeten, hier vorbeizukommen. Ich bin Informatik-Ingenieur, und mein Name ist Thomas Müller!"

Er wird von den drei Mitgliedern des Instituts wie ein alter Bekannter willkommen geheißen und wird Esther Correvon vorgestellt.

„Wir sind die Informatikgruppe, die den Unfall von Nelson Lohmann aufklären soll."

Sie erzählt ihm den Hergang des Unfalls und faßt die Ergebnisse der bisherigen Untersuchungen der Informatik-Gruppe zusammen. Sie beschreibt das Spiel zwischen den beiden Konkurrenten und wie es schließlich zum tragischen Ausgang geführt hat. Er erkundigt sich nach Markus Bauer und nimmt Kenntnis davon, daß sich dieser wahrscheinlich zur Zeit im Chalet seiner Eltern im Bündnerland befindet.

„Bei der Analyse aller Einflüsse stößt man auf das Problem des Anschlusses des Roboters an den Computer, eine Aufgabe, bei welcher Sie, Herr Müller, nach Angaben von Herrn Zingg der Firma BAA, wesentlich mitgewirkt haben. Kann nicht das plötzliche Ausschlagen des Roboterarms auf einen Fehler in diesem Bereich zurückgeführt werden?"

„Das plötzliche Ausschlagen des Roboterarmes kann mit Sicherheit nicht auf einen Fehler der Anlage zurückgeführt werden, sondern auf ein vorsätzlich aufgestelltes Programm. Ich kenne die Anlage gut. Sie ist nach meinen Angaben gebaut worden. Die Wahl dieses Roboters war allerdings eine schlechte Wahl. Er ist für die gewählte Aufgabe zu muskulös. Um einen kleinen Holzwürfel zu bewegen, braucht man nicht einen so großen und leistungsstarken Industrieroboter. Professor Wyss hat sich durch das günstige Angebot der Herstellerfirma bestechen lassen. Nichtsdestotrotz hat die Anlage während einiger Wochen tadellos funktioniert. Streitereien zwischen den beiden genannten Herren sind aufgetreten. Ich habe Professor Wyss gewarnt, daß das noch ein schlimmes Ende nehmen könnte."

„Wer könnte denn ein solches verhängnisvolles Programm aufgestellt haben?"

„Das weiß ich nicht!"

Esther Correvon hat einen merkwürdigen Eindruck von Thomas Müller. Er ist eher klein von Gestalt, mit blondem, ungekämmtem Haar. Seine Gesichtszüge sind fein, aber irgendwie völlig ausdruckslos. Seine Aussage leiert er herunter, ohne seine Gesprächspartner anzusehen. Er spricht selbst wie ein Computer. Hat er diese Art der affektlosen Kommunikation vom Computer übernommen?

Sie geht zu einem anderen Thema über:

„In seinem Laborheft finden wir einige Angaben, wie Nelson Lohmann über internationale Netze gearbeitet hat. Sind Sie auf dem laufenden, und können Sie uns auf einfache Weise erklären, wie sich das abspielt?"

Thomas Müller betrachtet während einiger Minuten konzentriert die letzten Seiten im Laborheft. Esther Correvon schaut auf die Uhr und stellt fest, daß es bereits halb sechs ist und daß sie die Sitzung bald abbrechen muß, als Müller fortfährt:

„Hier findet man in der Tat detaillierte Angaben, wie er diesen Anschluß an die internationalen Netze ausgeführt hat, aber es ist nicht ganz leicht, dies einem Laien zu erklären!"

„Gut, dann müssen wir jetzt leider die Sitzung abbrechen. Ich habe noch eine Verabredung im Amtshaus!"

„Darf ich Sie hinfahren, mein Auto ist ganz in der Nähe parkiert."

„Gern, dann setzen wir die Arbeit mit der Informatikgruppe morgen früh fort!"

Esther Correvon ist froh, Thomas Müller kennenzulernen, aber sie wundert sich, daß ein so intellektueller und dazu körperlich ungepflegter Mann einen weißen Porsche fährt. Der Wagen scheint als Okkasionswagen angeschafft worden zu sein, er ist so ungepflegt in der Erscheinung wie sein Besitzer. Auf dem schräg abfallenden Teil der Vorderseite erkennt sie sogar eine größere Beule. Beim Einsteigen nimmt sie einen kalten Geruch nach Pommes frites und Zigarettenrauch wahr. Sie nutzt jedoch die Gelegenheit, um etwas allgemein mit dem Computerspezialisten zu sprechen. Beim Amtsgebäude angekommen, dankt sie ihm für den Dienst und bemerkt:

„Herr Müller, können Sie morgen früh etwa um zehn am Robotik-Institut vorbeikommen, um mir die Sache mit den internationalen Netzen zu erklären? Ich überlasse Ihnen bis dann eine Kopie des Laborheftes, damit Sie die Erklärungen vorbereiten können!"

Auf sein Einverständnis, am nächsten Tag vorbeizukommen, verabschieden sie sich.

Sprenger wird ungeduldig

Die Kommissarin geht rasch in ihrem Büro vorbei, findet eine Meldung, daß auf der Telefonlinie des Chalets Bauer nur zwei unbedeutende Gespräche zwischen Markus Bauer und seiner Mutter stattgefunden haben, aus denen hervorgehe, daß Markus Bauer schon seit Montag in Fex weile. Esther Correvon ist prinzipiell mißtrauisch und denkt sich, daß diese Information nicht unbedingt richtig sein muß.

Eine weitere Meldung informiert sie darüber, daß der Anruf an Ali Hassans Apparat vom Montag um 11.30 Uhr von einer Telefonkabine auf dem Areal der Hochschule stammt. Sie stellt fest, daß es die gleiche Telefonkabine ist, aus der Nelson Lohmann vor seinem Unfall angerufen worden ist.

Sie trifft dann außer Atem vor dem Büro Sprengers ein, wo Hans Hofer und Daniel Wirz bereits auf sie warten, und beginnt gleich mit der Frage:

„Was haben Sie Neues?"

„Einiges", beginnt Hofer, „ich konnte mich heute am Telefon mit Frau Lohmann unterhalten; der Besucher, der sich im Spital als Nelson Lohmanns Bruder ausgegeben hat, ist nicht sein Bruder. Ferner habe ich über einen Bekannten in Erfahrung bringen können, daß Nelson Lohmanns Frau in Lausanne als Krankenschwester in einem Spital arbeitet und dort ein Affäre mit einem der Ärzte unterhält."

Darauf Daniel Wirz:

„Und ich hab' nach langem Suchen im Abfall der Notfallstation den Tropfensack, das heißt den Goutte-à-goutte-Sack gefunden, der letzte Nacht für Nelson Lohmann im Einsatz gewesen ist. Der weist einen kleinen Schlitz auf, wie er von der Nadel einer Spritze herrühren würde!"

In diesem Augenblick geht die Türe auf, und ein jovialer Sprenger lädt die drei in sein Zimmer ein und bittet sie, Platz zu nehmen.

„Wie sieht die Sache jetzt aus? Haben Sie den Täter?" Die Kommissarin berichtet kurz über die Ereignisse des Tages, ohne den heftigen Wortwechsel mit Doktor Lorenz zu erwähnen, und kommt dann zum Schluß:

„Ich bin nun fast sicher, daß der Schlag von hinten mit einem harten Gegenstand und ein Versagen des Roboters ausgeschlossen werden können. Mit einer gewissen Wahrscheinlichkeit läßt sich vermuten, daß sich die zwei Assistenten Nelson Lohmann und Markus Bauer in einem Konkurrenzstreit über ihre Computer und ihre Roboter gegenseitig Streiche gespielt haben und daß die Sache plötzlich zu weit gegangen ist und den einen das Leben gekostet hat."

„Dann würde es sich weder um einen Unfall noch um einen Mord handeln, sondern gewissermaßen um einen Streit mit tödlichem Ausgang."

„So ist es!"

„Dann wäre der Tod im Spital die natürliche Folge des Roboterschlages, wie es der dortige Arzt annimmt?"

Entsetzt schaut ihn Esther Correvon an:

„Woher wissen Sie, daß er das annimmt?"

„Sachte, sachte! Ein Doktor Lorenz hat mich heute am Spätvormittag ein erstes Mal angerufen und hat sich erstens über den aggressiven Ton der Kommissarin Correvon und zweitens über die Beflissenheit unserer Polizei beklagt, die ihre Zeit damit verliert, in den Spitälern herumzuschnüffeln und das Personal bei der täglichen Arbeit zu behindern, und dies in einem Fall, wo die Todesursache ganz evident sei!"

„So evident ist die Sache nicht!"

„Anscheinend doch. Er hat vor kurzem nochmals angerufen, um mir mitzuteilen, daß die pathologische Untersuchung nichts in Richtung einer Vergiftung ergeben hat. Er sagt, es sehe tatsächlich so aus, als wäre die Todesursache ein einfaches Herzversagen, wie es eben bei Patienten mit einer Schädelfraktur häufig vorkommt."

„Dennoch ist die Sache nicht so evident. Bitte erzählen Sie, Herr Wirz!"

Dieser beschreibt nun ausführlich seine Arbeit und wie er alle Gegenstände, die mit dem Opfer in Berührung gestanden hatten, sorgfältig geprüft hat. Daß zum Glück im Spital alles Material mit buchhalterischer Genauigkeit registriert wird, was ihm gestattet hat, den Nährsack von Nelson Lohmann vom gestrigen Nachmittag mit der richtigen Nummer zu finden. Er beschreibt die Entdeckung des kleinen, unauffälligen Schlitzes in diesem Nährsack. Jetzt sei das Objekt seit zwei Stunden zur Analyse im Polizeilabor, aber er habe noch kein Resultat erhalten.

Sofort ergreift Sprenger das Telefon, um das Analyselabor im Hause um das letzte Resultat zu bitten. Er hört zu und nickt mehrmals zustimmend, bevor er dankt und den Hörer auflegt.

„Das Resultat liegt vor, der Rest der Nährflüssigkeit im Sack hat eine hohe Konzentration an Kaliumchlorid enthalten. Es ist ja in der Kriminologie allgemein bekannt, daß durch eine massive Erhöhung des Kaliumgehaltes im Blut der Herztod hervorgerufen werden kann, den man nachträglich pathologisch kaum nachweisen kann."

Daraus schließt Esther Correvon:

„Es sieht also so aus, daß wahrscheinlich eine Person mit einer Spritze eine konzentrierte Kaliumchloridlösung in den Goutte-à-goutte-Sack von Nelson Lohmann eingespritzt hat, die mit verzögerter Wirkung, das heißt etwa drei Stunden später, seinen Tod bewirkt hat. Diese Person ist entweder eine interne Person des Spitals oder einer der beiden Besucher vom Dienstag."

„Läßt sich das vereinen mit der Hypothese: 'Streit mit tödlichem Ausgang'?"

„Kaum!" entgegnet Esther Correvon. Hierauf Sprenger nach kurzer Überlegung:

„Doch, ich sehe einen Weg! Nachdem dieser Markus Bauer erkannt hat, was er angerichtet hat, mußte er den einzigen Zeugen der Tat, nämlich das Opfer selber, endgültig ausschalten, und dies mußte derart geschehen, daß niemand oder jemand anders als er für die Tat in Verdacht geriet. Vielleicht kennt er jemanden im Spital, zum Beispiel eine Krankenschwester, die die Tat unter seinem Einfluß begangen hat.

Nein, viel einfacher! Hinter diesem falschen Bruder, der das Opfer am Dienstag besucht hat, steckt unser Markus Bauer! Schlafen Sie eigentlich? Warum haben Sie diesen Markus Bauer nicht schon lange verhaftet? Los, machen Sie sich an die Arbeit, und bringen Sie mir diesen Mann her!"

Wie kleine Kinder ducken sich die drei und verlassen Sprengers Büro. Kaum ist die Türe hinter ihnen geschlossen, sagt Esther Correvon ganz trocken:

„Wenn man bei der Polizei arbeitet, muß man eine dicke Haut haben."

Eine Strategie wird ausgearbeitet

„Kommen Sie noch in mein Büro. Ich möchte noch Einzelheiten Ihrer heutigen Arbeit erfahren und dann in Anbetracht all der Neuigkeiten eine Strategie festlegen."

Hans Hofer berichtet, wie er um Mittag telefonisch Nelson Lohmanns Frau Karin zu Hause erreicht habe. Er habe sich mit ihr unterhalten können. Sie habe ihm erzählt, ihr Mann sei am letzten Wochenende sehr verschlossen gewesen. Irgend etwas habe ihn bedrückt, und es sei ihr nicht möglich gewesen herauszufinden, um was es ging. Sie habe ihm dann noch Name und Adresse von Maximilian Lohmann, dem Bruder des Opfers, mitgeteilt.

„Dieser wohnt in Wil, arbeitet dort als kaufmännischer Angestellter in einem größeren Betrieb der Textilbranche. Er hat seinen Bruder, mit dem er übrigens wenig Kontakt pflege, am Dienstag nicht besucht und hat ein gutes Alibi. Er hat mir seine Unterschrift in einigen Musterstücken per Fax zugeschickt, und die sind völlig verschieden von der Unterschrift auf dem Besucherformular des Spitals. Ich habe ihn auch gefragt, ob er noch im Besitz seines Fahrausweises sei, was er mir bestätigen konnte. Der unbekannte Besucher im Spital hat also wahrscheinlich einen gefälschten Fahrausweis vorgewiesen!"

Hans Hofer hält inne. Nach einer kurzen Pause fährt Esther Correvon fort:

„Da kommt mir eine Idee! Das war wahrscheinlich der gestohlene Fahrausweis von Nelson Lohmann, der für den Zweck leicht abgeändert worden ist, zum Beispiel mit einem falschen Foto. So genau schaut das Spitalpersonal die Identitätspapiere nicht an. Hofer, haben Sie nicht berichtet, es sei im Zimmer von Nelson Lohmann eingebrochen worden? Das war möglicherweise der unbekannte Besucher, der den Fahrausweis gestohlen hat!"

„Das kann schon sein. Vielleicht war das in der Tat Markus Bauer."

„Kaum! Wir haben über das abgehörte Telefon erfahren, daß er seit Montag im Fextal ist."

„Warum haben Sie das Sprenger nicht gesagt?"

„Ich traue dem Inhalt des abgehörten Telefongespräches nicht ganz; Markus Bauer hat vielleicht seiner Mutter eine falsche Angabe gemacht. Er hat sich möglicherweise irgendwo in Zürich versteckt gehalten vom Montag bis Dienstag abend oder bis Mittwoch. Bevor wir endgültig zum Thema Markus Bauer gelangen, möchte ich aber noch hören, wie Sie zu den Informationen über die Beziehungen von Frau Lohmann gekommen sind."

„Ganz einfach. Ich habe zufällig einen langjährigen Freund, der als Buchhalter in dem Spital arbeitet, in dem sie als Krankenschwester angestellt ist. Der hat mir dies auf ein Telefonat hin gesagt. Er hat mir auch ein Fax mit der Unterschrift von Frau Lohmann zukommen lassen. Diese Unterschrift stimmt mit derjenigen der Besucherliste des Spitals überein."

„Danke, ich möchte Ihnen beiden für die vorzügliche Arbeit danken. Wir haben in der Folge zwei neue Personen mit einem Mordmotiv. Vielleicht wollte Frau Lohmann ihren Mann umbringen, um den Arzt heiraten zu können. Der Arzt hat möglicherweise seinerseits ein gleichartiges Interesse. Er kann sich leicht den Fahrausweis von Nelson Lohmann beschafft haben, um ihn abzuändern. Vielleicht haben die zwei gemeinsam Nelson Lohmann umgebracht.

Kommen wir zurück zu unserem Hauptthema. Morgen werden wir versuchen, Markus Bauer zu erwischen, aber nicht durch eine brutale Verhaftung, sondern etwas feiner. Ich möchte eine heftige Reaktion vermeiden, zum Beispiel, daß er sich im Chalet verschanzt oder daß er sich gar etwas antut. Wie ich gehört habe, ist er ein sensibler Mensch. Ich bin gar nicht sicher, daß

84

er am Tod Nelson Lohmanns schuldig ist, aber ich muß ihn sprechen, er verfügt jedenfalls über wichtige Informationen. Für eine Festnahme müßten wir nach Vorschrift zu zweit vorgehen, aber es handelt sich hier mehr um die Einvernahme eines Zeugen, und das kann ich gut alleine erledigen!"

Darauf Hans Hofer:

„Warum rufen Sie ihn nicht einfach an?"

„Der Vogel ist uns schon einmal davongeflogen; ich glaube kaum, daß er mir am Telefon Auskunft geben würde. Zudem führt ein Telefongespräch leicht zu Mißverständnissen, besonders wenn man sich nicht persönlich kennt.

Nun zur Strategie: Das Chalet befindet sich im Fextal, in einem längeren Tal mit einer einzigen schmalen Zufahrtsstraße, auf der zudem ein allgemeines Fahrverbot herrscht. Es gibt auch keine Bahn, nur im Sommer ein Pferdegespann, das im Winter durch einen Pferdeschlitten ersetzt wird. Zuerst müssen wir Markus Bauer aus dem Haus vertreiben. Dann wird er wohl versuchen, das Tal per Autostop zu verlassen, und da werde ich mich bemühen, ihn mit meinem Auto abzufangen. Ich werde morgen am Nachmittag ins Fextal fahren, und wenn ich dort bin, rufe ich Sie über mein mobiles Telefon an. Dann müssen Sie beide in Uniform bei den Eltern Bauer vorsprechen, um Markus Bauer zu verhaften. In Panik wird die Mutter ihrem Sohn Mitteilung machen, daß er von der Polizei gesucht wird. Das können wir am überwachten Telefon nachweisen. Dann wird der junge Mann seine Sachen packen und das Chalet verlassen. Könnten Sie sich beim Vorsprechen bei den Eltern noch erkundigen, ob Markus Bauer im Fextal über eine Waffe verfügt?"

„Ihr Plan hört sich gut an; er ist allerdings nicht ganz im Sinne Sprengers", meint hierauf Hans Hofer, und nach einer Weile:

„Was sagen Sie, falls Sie der junge Mann fragt, was Sie ins Fextal führt?"

„Ich sei wandern gegangen, auf der Suche nach dem Edelweiß!"

„So sehen Sie aus! Sie sind nicht sonnengebräunt. Haben Sie Rucksack und Wanderschuhe? Tragen Sie rote Socken?"

Daniel Wirz, selber ein fleißiger Wanderer, kommt ihr zu Hilfe:
„Das mit der Sonnenbräune ist vielleicht jetzt im November
nicht so wichtig, aber die anderen Utensilien werde ich Ihnen
morgen mitbringen. Welche Schuhgröße haben Sie?"
Sie stellen fest, daß sie die gleiche Schuhgröße haben.
„Aber was sagen Sie, falls der junge Mann wissen will, was Ihnen die Erlaubnis gibt, mit einem Auto im Fextal zu zirkulieren?"
„Da werde ich schon eine Ausrede finden. Übrigens weiß ich
gar nicht, wie Markus Bauer aussieht. Wichtig ist daher, daß ich
mir noch morgen früh eine Fotografie von ihm verschaffe. Herr
Wirz, kommen Sie morgen um acht auf das Sekretariat des Instituts für Robotik, Sie brauchen ja auch eine Foto, um es bei der
Eingangskontrolle für Besucher der Notfallstation zu zeigen."
„Ja, wenn mich Doktor Lorenz zuläßt."
„Damit Sie keine Schwierigkeiten haben werden, müssen wir
Ihnen ein Schreiben mit dem Resultat der Analyse des Inhaltes
des Goutte-à-goutte-Sacks verschaffen. Das ist so spät am Abend
schwierig, aber ich werde veranlassen, daß Ihnen Sprenger morgen früh sogleich ein geeignetes Schreiben verfaßt."

Der Roboter Nelson Lohmanns bewegt sich

„Was haben Sie vor, wollen Sie mich verhaften?"
Eine erstaunte Frau Hotz zieht kurz nach acht den Schlüssel aus
ihrer Handtasche, um die Türe zu ihrem Büro aufzuschließen,
und betrachtet Hans Hofer und Daniel Wirz, die zwei Polizisten
in Uniform.
„Wir haben Ihre Hilfe nötig. Wir hätten gerne einige Fotografien, auf denen Markus Bauer gut erkennbar ist."
„Ich habe, soviel ich weiß, keine Fotos von ihm, aber der Foto-
graf unseres Institutes, Herr Keller, hat bestimmt Fotos, die bei
öffentlichen Anlässen des Instituts gemacht wurden und auf
denen Sie Markus sehen können!"
In der Sammlung von Herrn Keller befinden sich diverse Bilder
mit Gruppen von Personen, einerseits von Roboterkursen, bei
denen für die praktischen Übungen der Kursteilnehmer die Assistenten als Lehrmeister mitwirken mußten, und andererseits
von einem Tag der offenen Tür, auf denen Besucher und Assistenten in den verschiedensten Gruppierungen zu sehen sind.
Zwei Bilder, auf denen Markus Bauer im Profil und von vorne
sichtbar ist, werden ausgewählt, und die beiden Polizisten in
Uniform nehmen sie mit Dank in Empfang. Da sie wissen, daß
Esther Correvon die Absicht hat, noch einige Zeit mit der Informatik-Gruppe am Institut zu verbringen, bitten sie den Foto-
grafen, für sie rasch noch einige Abzüge der beiden gewählten
Aufnahmen bereitzustellen. Dann verabschieden sie sich, um
auf dem Amt das offizielle Schreiben von Sprenger in Empfang
zu nehmen, für ihre weitere Arbeit im Spital.
Währenddessen trifft Esther Correvon in van Huysens Arbeitsraum die Informatikgruppe, die ihr den Vorschlag unterbreitet,
die Anlage Nelson Lohmanns sogleich in Betrieb zu setzen und
die Bewegung des Roboterarms zu veranlassen.

„Wir haben die Sache bis tief in die Nacht diskutiert und haben auch analysiert, was im Computer von Nelson Lohmann noch an Programmen vorhanden ist. Wir sind zum Schluß gekommen, daß es möglich sein sollte, den Roboter zur Bewegung zu bringen!"

„Ist dies nicht äußerst gefährlich? Wir riskieren, daß uns der Roboterarm an den Kopf schlägt; wir riskieren einen Unfall wie Lohmann."

„Wichtig ist, das wir selber in genügendem Abstand vom Roboter bleiben. Wir kennen ja die Reichweite des Roboterarmes.

Esther Correvon richtet sich dann an David Wegmann:

„Können Sie diese Verantwortung auf sich nehmen?"

„Wir sind genügend vorbereitet. Die Gefahr ist sehr gering!"

Der Arbeitsraum Nelson Lohmanns wird aufgeschlossen, und die Gruppe macht sich gleich an die Arbeit. Van Huysen setzt sich an die Konsole des Computers, genügend weit weg vom Roboterarm. Etienne Dupont hält einen Notizblock mit handgeschriebenen Programmiernotizen, und David Wegmann leitet zunächst die Verschiebung der Möbel und steht dann etwas abseits, um das Ganze zu überblicken. Esther Correvon setzt sich neben ihn und stellt ihm hie und da eine Frage.

Der pilzförmige Hauptschalter der Roboteranlage wird eingeschaltet. Der Arm macht einige langsame Bewegungen.

„Das macht er, um alle seine Sensoren auf null zu stellen, das ist so quasi sein Morgenturnen!"

Es herrscht eine konzentrierte Aufmerksamkeit im Labor. Esther Correvon hört vor Aufregung ihr eigenes Herz klopfen. Etienne gibt einige Befehle in Form von Buchstaben und Zahlen, und van Huysen tippt sie mit sichtbarer Spannung in die Tasten des Computers, fast geräuschlos. Eine Lampe geht an und strahlt in Richtung von van Huysens Kopf. Auf einem kleinen Bildschirm neben dem Computer wird van Huysens Gesicht erkennbar. Im Computer hört man interne Geräusche, hie und da ein Knacken und ein Rauschen.

„Das Geräusch stammt vom großen Gedächtnis des Computers, der 'hard disc'. Er sucht das Gesicht und stellt seine Koordinaten ein", kommentiert David Wegmann! „Achtung, er wird sich gleich in Bewegung setzten!"
Alles ist gespannt, und siehe da, der Arm bewegt sich langsam mit dem Greifer in Richtung von van Huysens Kopf. Nach etwa einer Sekunde hält er an. Man hört wieder Geräusche im Computer. Esther Correvon stellt sich vor, daß er jetzt wieder nachdenken muß. Schon bewegt er sich wieder. Und weiter so mit mehrmaligem Anhalten, bis der Arm völlig ausgestreckt ist in Richtung von van Huysens Kopf. Dann öffnet er langsam seinen Greifer und schließt ihn wieder. Esther ist erregt. Der Roboterarm wirkt wie ein unbeholfenes Tier. Fast hat sie ein wenig Mitgefühl mit dem armen Wesen, das einen Bestimmungsort zu erreichen sucht und nicht ans Ziel kommt.
„Bravo!" ruft David, und alle vier im Raum freuen sich! „Das Experiment ist gelungen!"
Nach einem Moment allgemeinen Geredes fragt David:
„Können wir das Experiment wiederholen?"
Darauf Etienne Dupont:
„Selbstverständlich, aber zuerst müssen wir den Roboterarm in seine Ruhestellung bringen."
„Das geht am einfachsten, wenn wir die Anlage am Hauptschalter der Robotersteuerung ausschalten und dann wieder einschalten", meint van Huysen.
Gesagt, getan, und die ganze Operation beginnt von vorn und spielt sich auf genau die gleiche Weise ab.
„Das ist eine schöne Demonstration, aber mit einer so langsamen Bewegung kann der Roboterarm niemanden verletzen", meint Esther.
Darauf Etienne Dupont:
„Wir haben weder im Computer noch in den Programmen einen Befehl für eine schnelle Bewegung gefunden. Der Roboter an sich kann sich sehr schnell bewegen, aber alle Programme, die wir gefunden haben, schreiben eine langsame Bewegung vor.

Wir haben keine Ahnung, wie ein Programm für die schnelle, gefährliche Bewegung in die Anlage eingeführt worden ist."

Die vier der Informatikgruppe diskutieren eine Weile, vor allem über das Problem, wie es möglich ist, daß die zögernde Vorwärtsbewegung des Greifers in Richtung des Kopfs des Operators in einen von der Seite gegen den Kopf ausgeführten heftigen Schlag verwandelt werden kann. Die Erkennung der Lage des Gesichtes der am Computer sitzenden Person, die beim Programm 'Kopf' normalerweise ausgeführt wird, wird bei der schnellen Operationsweise übernommen, aber das Gesicht wird vom Greifer nicht von vorn, sondern von der Seite her angegangen.

Wie am Vortage tritt Thomas Müller ein und beginnt auf seine monotone Art zu sprechen:

„Der Arm ist zu muskulös. Wyss wollte mir das nicht glauben, jetzt hat er den Dreck."

Esther Correvon schaut ihn etwas befremdet an, und er übergibt ihr mit seinem unbeweglichen Gesicht die Kopie von Nelson Lohmanns Laborheft. Etienne Dupont berichtet ihm über den Hergang des Experimentes und über die Schwierigkeit, sich das Eindringen eines Befehls in ein geschlossenes System zu erklären. Nach einigem Zuhören meint Müller:

„Es handelt sich hier eben nicht um ein geschlossenes System. Durch den Anschluß an irgendwelche Netze wird die Anlage zum zeitweise offenen System!"

Darauf Esther Correvon:

„Das heißt, daß irgendeine Person auf Distanz in die Anlage eingreifen konnte!"

„Ja sicher, solange der Anschluß der Roboteranlage an die internationalen Netze eingeschaltet ist, kann jemand von außerhalb des Institutes eingreifen. Und eingeschaltet war sie normalerweise nur, wenn Nelson Lohmann anwesend war."

„Sie sagen: normalerweise. Wann konnte die Anlage an internationale Netze angeschlossen sein in Abwesenheit des Operators?"

„Manchmal dauert die Übernahme von Programmen sehr lange, bei stark besetzten Linien bis zu einigen Stunden. Da kann sich der Operator mit anderem beschäftigen und sogar seine Anlage unbewacht lassen."

„In einem solchen Moment könnte eine andere Person, zum Beispiel ein Assistent an der Universität Bern, den Befehl zur raschen Bewegung des Roboterarmes gegeben haben?"

„Bestimmt. Nur müßte er die Struktur der Anlage und die vorhandenen Programme einigermaßen kennen!"

„Hat Nelson Lohmann berufliche Kontakte mit Spezialisten an anderen Hochschulen gepflegt?"

„Er hatte Kontakte mit dem Institut für Mikrotechnik der Technischen Hochschule in Lausanne, und zwar mit einem Doktoranden namens Morand, der sich eingehend mit Robotersteuerungen befaßt!"

„Gibt es nicht noch eine andere Möglichkeit, um den Anschluß an internationale Netzte zu bewerkstelligen? Braucht man ein Code-Wort? Kennt jemand Nelson Lohmanns Code-Wort?"

„Nein, wir kennen es nicht. Markus Bauer kennt es möglicherweise!"

„Wäre es in dem Fall denkbar, daß jemand, in Abwesenheit Nelson Lohmanns, vielleicht an einem Wochenende, das Netz eingeschaltet hat?"

„Es ist unwahrscheinlich, aber denkbar!"

„Dann könnte dieser den schnellen Verlauf der Operation 'Kopf' veranlaßt haben?"

„Ja."

So geht das Gespräch weiter, und es wird Esther Correvon langsam klar, wie der Täter das Programm in Nelson Lohmanns Computer hat einführen können. Mit einem Blick auf die Uhr stellt sie plötzlich fest, daß es inzwischen fast zwölf geworden ist. Sie verabschiedet sich von allen:

„Ich will noch keinen Zeitpunkt für das nächste Treffen festlegen, da ich zwei Tage ortsabwesend sein werde, ich habe zu tun in der Gegend von Neuchâtel!"

Sie eilt zu Fuß zum Amtshaus zu einer Verabredung mit den beiden Polizisten.

Esther Correvon geht auf Reisen

„Wie geht's? Gehen wir doch in die Kantine und besprechen unseren Fall während des Essens. Ich will nachher gleich wegfahren!"

Daniel Wirz übergibt ihr einen großen Plastiksack. Sie schaut neugierig hinein und nickt:

„Vielen Dank, das sieht echt aus. Übrigens habe ich eine Falschmeldung am Institut hinterlassen; ich habe gesagt, ich werde nun zwei Tage in der Gegend von Neuchâtel sein, damit niemand auf die Idee kommt, Markus Bauer zu früh zu warnen. Ich habe kein Vertrauen in die Diskretion der Assistenten des Instituts, auch nicht in jene meiner Informatikgruppe. Was haben Sie inzwischen erlebt?"

„Wir sind von Doktor Lorenz empfangen worden. Er war erstaunt, uns in Uniform zu sehen, und zunächst sehr unfreundlich, aber der Brief von Sprenger mit dem offiziellen Bericht des Labors zur Analyse des Inhaltes des Tropfensacks hat Wunder gewirkt. Da ihm offensichtlich der Gedanke, daß die Tat durch jemanden vom Personal hätte ausgeführt werden können, peinlich ist, akzeptierte er sogleich die These, daß einer der beiden Besucher am Dienstag nachmittag der Täter sein könnte. Die Schwester, die den Besucher empfangen und in den Saal der Intensivstation geführt hat, ist heute nicht im Dienst, aber wir haben die beiden Fotografien mit Markus Bauer hinterlassen und haben Doktor Lorenz gebeten, uns baldmöglichst Bescheid zu sagen!"

Nach dem Essen verabschiedet sich Esther Correvon von ihren Kollegen:

„Ich fahre jetzt mit dem Wagen meiner Mutter, einem kleinen Opel, los, um Markus Bauer abzufangen, wie wir besprochen haben. Der Wagen ist unauffällig und sieht jedenfalls nicht wie ein Polizeiwagen aus. Mein portables Telefon bleibt eingeschaltet. Es ist jetzt ein Uhr, ich brauche drei bis vier Stunden bis ins Fextal. Vergessen Sie nicht, daß ich Sie etwa um fünf Uhr anrufen werde und daß Sie bei den Eltern von Markus Bauer vorsprechen, wie wir abgemacht haben. Halten Sie mich auf dem laufenden. Auf Wiedersehen."

Ausgerüstet mit einem Fotoapparat, dem portablen Telefon, dem Plastiksack mit den Wanderutensilien und der schwarzen Tasche mit ihren persönlichen Sachen fährt sie los und schlägt die Autobahn Richtung Chur ein. Der Himmel ist bedeckt. Bei diesem andauernden Novemberwetter ist die Sonne einfach nicht vorhanden. Zum Glück ist für das Engadin die Wettervorhersage weniger grau. Es besteht eine Aussicht auf Sonnenschein oberhalb 1.600 Meter. Auf der langen, geraden Strecke entlang dem Zürichsee herrscht wenig Verkehr, was ihr Gelegenheit gibt, über die ganze Geschichte nachzudenken und zu überlegen, wer eigentlich ein Motiv hat, Nelson Lohmann umzubringen.

Da ist zunächst der Arzt in Lausanne. Durch seinen Beruf kennt er die Wirkung von Kaliumchlorid und weiß mit Spritzen umzugehen. Er hat die Möglichkeit, sich den Fahrausweis von Nelson Lohmann anzueignen, um ihn leicht abzuändern. Hat er ein Alibi für den Dienstag nachmittag? Ist er verheiratet, hat er Kinder, ist er unglücklich verheiratet? Das müßte man alles herausfinden! Man müßte Hans Hofer nach Lausanne schicken. Er hat eine feine Nase für solche Probleme. Aber wahrscheinlich ist dieser Arzt wie andere; er sucht das Abenteuer mit einer Krankenschwester, ohne Hintergedanken und ohne irgendwelche Heiratsabsichten.

Ähnlich liegt der Fall für Karin, Nelson Lohmanns Gattin. Aber falls sie bei ihrem Besuch im Spital das Kaliumchlorid in den Sack gespritzt hat, warum hat sich der andere Besucher unter einem falschen Namen auf der Besucherliste eingetragen?

Nun kommt noch ein weiteres Problem hinzu: Für die Programmierung des Roboterschlages haben beide nicht die fachliche Kompetenz; sie müßten eine Drittperson beauftragt haben, quasi einen Killer-Informatiker. Ist der von Müller erwähnte Doktorand Morand am Institut für Mikrotechnik der Technischen Hochschule in Lausanne die beauftragte Drittperson?

Wer ist der Mann, der in der vergangenen Woche am Donnerstag abend in Nelson Lohmanns Mansarde auf Besuch war, der im Treppenhaus laut gesprochen hat und der nach einer halben Stunde wieder gegangen ist?

Hat sich das Ganze so abgespielt, wie Sprenger meint? Fängt alles wie ein Streit mit tödlichem Ausgang an? Ist Markus Bauer tatsächlich der Mörder, der über das Wochenende Lohmanns Roboteranlage zum fatalen Schlag programmiert, der dann am Montag kurz vor zwölf den Journalisten Hassan anruft, der später im Keller des Instituts über den Hauptschalter kurz den Strom unterbricht, der in das Zimmer von Nelson Lohmann eindringt, um dort dessen Fahrausweis zu stehlen, und der dann am Dienstag unter dem Namen von Nelsons Bruder Maximilian auf der Intensivstation des Kantonsspitals eine Spritze mit Kaliumchloridlösung in den Nährsack von Nelson Lohmann entleert?

In der Tat scheint dies alles möglich, aber es befriedigt Esther Correvon nicht. Ein Detail: Wie konnte Markus Bauer wissen, wo Lohmann seinen Fahrausweis aufbewahrt? Und wo hat Markus Bauer die Nacht vom Montag zum Dienstag zugebracht? Jedenfalls nicht bei sich zu Hause.

Was bedeutet die bedrückte Schweigsamkeit Nelson Lohmanns am Wochenende?

Mit wem hat Nelson Lohmann vor dem verhängnisvollen Moment ein kurzes Telefongespräch geführt?

Auch das Gespräch mit Professor Wyss beschäftigt sie. Hat er eine falsche Aussage gemacht, als er mit Sicherheit behauptete, der Schlag stamme vom Greifer des Roboters? War der Schlag von Professor Wyss selbst mit einem Hammer ausgeführt worden? Es gab keinen Zeugen, der dieses Szenario nichtig machen konnte. War Professor Wyss eifersüchtig auf Nelson Lohmann wegen der Portugiesin? Das klingt doch alles recht unwahrscheinlich.

Esther Correvon kommt gut voran. Schon ab Sargans, im Rheintal, ist das Wetter besser, die Sonne dringt gelegentlich durch die Hochnebeldecke. Die Kommissarin nimmt sich Zeit, die schöne Landschaft der Bündner Herrschaft mit den Weinbergen und den stattlichen Herrschaftshäusern zu bewundern. Nach Chur wird das Wetter immer strahlender. Bei der Auffahrt zum Julierpaß drücken sich noch vereinzelte Wolken an die Berghänge, und schließlich befindet sie sich oberhalb der Hochnebeldecke, bestrahlt von der schönen, milden Herbstsonne. Auf der Paßhöhe liegt frischer Schnee. Zur Zeit ist die Straße noch gut befahrbar ohne Winterreifen, aber Esther Correvon macht sich Sorgen wegen der Rückfahrt. Wenn es jetzt plötzlich wieder schneien würde?

Bei Silvaplana tankt sie an einer der wenigen offenen Tankstellen, zweigt in Richtung Maloja ab und fährt dann das Engadin hoch bis Sils Maria. Der schöne, alte Campanile zeigt halb fünf, die Sonne ist untergegangen, und es dunkelt schon. Sie liegt gut in der Zeit. Das Dorf ist trotz des schönen Wetters wie ausgestorben. Im November ist hier keine Saison. Mit etwas Mühe findet sie die Abzweigung ins Fextal mit der Tafel für das allgemeine Fahrverbot und fährt dann unbehelligt das kleine Sträßchen hoch nach Fex. Mitten in der Gruppe der alten Häuser von Fex hält sie an, um bei Passanten nach dem Ferienhaus der Familie Bauer zu fragen. Es sei leicht zu finden; gleich am oberen Ausgang des Dorfes, etwa nach zweihundert Metern, befinde sich ein altes, schwarzes Chalet oberhalb der Straße.

Esther Correvon fährt die Straße entlang weiter und glaubt, das Haus sofort zu erkennen. Sie stellt fest, daß die vorderen Fenster von innen beleuchtet sind. Durch die Vorhänge kann man allerdings keine Einzelheiten sehen. Sie hält ihren Wagen etwas weiter oben auf der Straße an, wo sie gerade noch das beleuchtete Fenster sehen kann, stellt den Motor ab und informiert gleich danach über ihr Mobiltelefon Hans Hofer.

„Verstanden! Wir befinden uns in der Nähe des Hauses der Eltern Bauer und werden gleich vorsprechen."

Esther Correvon wartet geduldig. Sie zieht sich die roten Socken an, verstaut ihre persönlichen Sachen im Rucksack und breitet auf dem hinteren Sitz die Wanderschuhe und den Rucksack aus.

Jetzt sind schon fünfundzwanzig Minuten vergangen. Die Wartezeit, dünkt sie, dauert ewig. Aha! Ein weiteres Licht im Chalet geht an. Das Mobiltelefon meldet sich. Hans Hofer berichtet von der gelungenen Operation. Nach dem Besuch der beiden Uniformierten habe die Mutter tatsächlich in großer Aufregung ihren Sohn angerufen:

„Es ist ganz schrecklich, was hast du getan? Zwei uniformierte Polizisten sind dagewesen, um dich zu verhaften wegen einer Mordsache! Ein gewisser Nelson Lohmann sei umgebracht worden. Wir haben gesagt, daß du dich im Ferienhaus im Fextal befindest. Sie haben sich auch nach der genauen Adresse erkundigt und haben gefragt, ob wir eine Schußwaffe im Chalet hätten, was ich bestätigt habe. Was tust du jetzt?"

Er habe daraufhin versucht, seine Mutter zu beruhigen, sei aber recht kurz angebunden gewesen und habe bald aufgehängt.

„Vielen Dank, das ist gute Arbeit ! Es ist jetzt an mir zu spielen. Ich werde mein Mobiltelefon für die nächste Stunde außer Betrieb setzen. Seien Sie nicht beunruhigt, wenn Sie längere Zeit nichts mehr von mir vernehmen! Auf Wiedersehen!"

Esther Correvon beobachtet von ihrem Standplatz aus das Chalet. Verschiedene Lichter gehen an und aus. Das ist wohl Markus Bauer, der in den Räumen herumeilt, um seine sieben Sachen zu packen. Sie versteckt das Mobiltelefon und ihre Waffe in der schwarzen Tasche und verstaut diese im Kofferraum des Wagens. Dann setzt sie sich wieder ans Steuer, schaltet die innere Beleuchtung des Wagens aus, läßt den Motor laufen und wartet. Nach einiger Zeit gehen alle Lichter im Chalet aus. Sie schaltet die Scheinwerfer ein und fährt gemächlich los.

Auf der Höhe des Chalets angelangt, erkennt sie im Licht des Scheinwerfers auf der Straße die Gestalt des großgewachsenen jungen Mannes mit einer Tragetasche. Sie fährt ihm nach bis hinter das Zentrum von Fex, wobei sie realisiert, wie wenig ihr die Fotografien von Markus Bauer helfen, beschließt aber, voranzugehen. Langsam fährt sie bis auf die Höhe des jungen Mannes und fragt ihn, ob sie ihn mitnehmen könne.

„In welche Richtung fahren Sie?"

„Richtung Maloja."

„Ja, das paßt mir!"

Sie öffnet die Türe auf der Passagierseite und läßt ihn einsteigen. Kurz schaut er sie kritisch an, und legt dann beruhigt seine Tasche auf den hinteren Sitz neben den Rucksack, und dann fahren sie los, die schmale Straße das Fextal hinunter in Richtung Sils Maria.

Was Hans Hofer in der Zwischenzeit erlebt

Zufrieden mit der erfolgreichen Beihilfe für das Aufscheuchen des Vogels, gelangen Hans Hofer und Daniel Wirz in das Amt, wo ihnen sogleich ein Anruf vom Kantonsspital übermittelt wird.

„Hier spricht Doktor Lorenz, könnte ich mit Frau Correvon sprechen?"

„Sie sprechen mit Hans Hofer, Kommissarin Correvon ist im Moment nicht erreichbar, aber ich bin ihr Stellvertreter."

„Die Krankenschwester, welche am Dienstag die beiden Besucher empfangen hatte, hat soeben ihren Dienst angetreten. Ich habe ihr die beiden Aufnahmen, die Sie mir gegeben haben, gezeigt!"

„Das ist ausgezeichnet, und?"

„Sie hat auf beiden Bildern den Besucher vom Dienstag erkannt!"

„Großartig! Vielen Dank für den Anruf! Wir werden in etwa zwanzig Minuten bei Ihnen sein, um die Sache zu verfolgen. Auf bald!"

Bevor sie sich zu Fuß auf den Weg zum Kantonsspital machen, versucht Hans Hofer, Esther Correvon anzurufen, aber ohne Erfolg. Ihr Apparat ist offensichtlich immer noch ausgeschaltet. Beim Gehen brummt er vor sich hin:

„Es sieht also doch so aus, als ob Sprenger recht hätte. Markus Bauer ist der Besucher auf der Intensivstation, der sich als Bruder von Nelson Lohmann ausgegeben hat. Jetzt ist Esther Correvon in die Falle geraten. Wenn ihr nur nichts zustößt."

Hans Hofer ist besorgt. Er macht sich ernstliche Vorwürfe, daß er die junge Kommissarin nicht von ihrem gewagten Unternehmen abgebracht hat. Er malt sich aus, was alles geschehen könnte: Ist sie mit einer Droge außer Gefecht gesetzt worden?

Liegt sie gefesselt an einem abgelegenen Ort in den Bergen? Ist sie umgebracht und ihre Leiche in einen Bergbach geworfen worden?

Im Spital werden die beiden Polizisten nach kurzem Warten von Doktor Lorenz empfangen. Er führt sie zu der Krankenschwester, die die beiden Aufnahmen vorweist. Sie zeigt mit einem Stift auf einen kleineren Mann mit hellem, ungekämmtem Haar, der aber offensichtlich nicht dem von Frau Hotz bezeichneten Markus Bauer entspricht und ihnen auch sonst völlig unbekannt ist. Die beiden Herren der Polizei sind etwas erstaunt, danken der Krankenschwester für ihre Mitarbeit und bitten Doktor Lorenz, die beiden Aufnahmen mitnehmen zu dürfen, nachdem zur Sicherheit der von der Krankenschwester bezeichnete Mann angekreuzt worden ist.

Sie verabschieden sich und versuchen, auf der Straße gleich das Institut für Robotik anzurufen. Es ist inzwischen halb sieben Uhr, und an der Technischen Hochschule nimmt niemand mehr das Telefon ab. Sie stellen dann fest, daß Esther Correvon telefonisch immer noch nicht erreichbar ist, doch gelingt es ihnen schließlich, ihren Chef, Sprenger, zu erreichen. Nach einem kurzen Bericht zur Lage bitten sie ihn anzugeben, was nun zu tun sei.

„Zunächst müssen wir den Mann auf der Foto identifizieren und dann womöglich seine Konfrontation mit der Krankenschwester veranlassen. Gehen Sie zum Institut für Robotik, das ganz nahe beim Spital gelegen ist, um jemanden zu finden, der den Mann auf dem Bild erkennt. Wenn die Frontaltüre geschlossen ist, warten Sie, bis jemand herauskommt und Sie einläßt. Wenn Sie wissen, um wem es sich auf dem Bild handelt, rufen Sie mich nochmals an; ich bin noch einige Zeit hier. Falls Sie mich heute nicht mehr erreichen, treffen wir uns jedenfalls morgen um acht Uhr in meinem Büro. Ich hoffe übrigens, daß wir bis dann auch herausfinden können, wo sich Esther Correvon herumtreibt.

Fünf Minuten später befinden sich die beiden vor dem Gebäude an der Leonhardstraße vor einer verschlossenen Türe. Sie warten einige Minuten und hören schließlich innen jemanden die Treppe herunterkommen. Ein junger Mann stößt die Türe auf und erschrickt beim Anblick der beiden Uniformierten. Diese weisen ihm ihre Ausweise vor, treten in den Vorraum ein und zeigen dem jungen Mann das Bild:

„Kennen Sie die angekreuzte Person?"

„Ja, den habe ich schon gesehen, er ist mir durch sein ungepflegtes Haar aufgefallen. Er stand am Montag nervös Zigaretten rauchend hier vor der Türe des Instituts, als der Roboter den Unfall hervorgerufen hat. Ich erkenne auch einige der anderen Personen auf den Bildern. Es sind Assistenten an diesem Institut!"

„Sind Sie nicht Assistent hier?"

„Nein, ich bin Student im letzten Semester und mache hier meine Diplomarbeit!"

„Sind jetzt noch irgendwelche Assistenten im Hause?"

„Ich weiß es nicht, ich glaube kaum!"

„Danke schön und gute Nacht."

Die beiden gehen die Treppe hoch, und Hans Hofer bemerkt:

„Jetzt sind wir ganz nahe am Ziel. Der Mann auf den beiden Bildern ist wahrscheinlich der Täter. Er hat sich am Montag am Tatort nicht gezeigt, aber er war in der Nähe. Die Passanten haben ihm erzählt, was oben geschehen ist; er hat darauf von der nahe liegenden Telefonkabine den Journalisten Ali Hassan angerufen und ist dann in den Keller hinuntergegangen, um den Hauptschalter des Institutes kurz auszuschalten."

Im Korridor lauschen sie, ob sie irgendwo Stimmen hören. Sie gelangen in einen größeren Raum, wo sie einige junge Leute an der Arbeit, das heißt an einem Computerschirm, begegnen. Sie zeigen die Fotos und erhalten die gleiche Auskunft. Es sind alles Studenten, die an ihrer Diplomarbeit sitzen und von denen einige den gesuchten Mann schon gesehen haben, aber keiner seinen Namen kennt. Assistenten sind anscheinend keine mehr am Institut. Der Arbeitsraum von Nelson Lohmann ist immer noch verriegelt, und offensichtlich sind auch die Assistenten der Informatikgruppe schon weggegangen.

Es ist halb acht. Es gelingt Hans Hofer, Sprenger telefonisch den Stand der Untersuchung mitzuteilen.

„Wenn kein Assistent mehr da ist, müssen Sie jetzt so rasch wie möglich Professor Wyss oder Frau Hotz erreichen. Die beiden können Ihnen weiterhelfen -, sie kennen bestimmt den Mann auf der Foto!"

Mit Hilfe der Diplomstudenten findet Hans Hofer die Privatadresse und die Telefonnummer von Professor Wyss und erreicht ihn am Telefon. Professor Wyss, etwas erstaunt über den Anruf, stellt gleich die Frage:

„Wo ist Frau Correvon?"

„Sie ist unterwegs und versucht Markus Bauer zu erwischen. Inzwischen haben wir aber auf einem Foto einen anderen Verdächtigen gefunden. Wir wissen nicht, wer er ist; aber es muß eine Person sein, die dem Institut für Robotik nahesteht. Wir möchten Ihnen das Bild zeigen, damit Sie uns weiterhelfen können."

„Gut, kommen Sie vorbei!"

Hans Hofer und Daniel Wirz bestellen einen Taxi, das sie in kurzer Zeit an die Schloßbergstraße im oberen Zollikon, der Adresse von Professor Wyss, bringt. Sie bitten das Taxi, am Straßenrand eine knappe Viertelstunde zu warten, und suchen an einer Reihe von stattlichen Villen aus der Nachkriegszeit die richtige Hausnummer unter den in der Dunkelheit schwierig zu lesenden und oft noch durch Gewächs verdeckten Ziffern.

Sie werden von Wyss freundlich empfangen. Er offeriert ihnen ein Glas Wein, was sie mit der Begründung, sie seien in Eile, dankend ablehnen. Mit einem Blick auf die beiden Fotos bemerkt Professor Wyss:

„Das ist Thomas Müller, ein ehemaliger Schüler und Assistent von mir!"

„Ist er der Informatiker, der mit Nelson Lohmann zusammengearbeitet hat?"

„Ja, ein glänzender Informatiker. Sagen Sie mir, wieso ist er verdächtig?"

„Das werden wir Ihnen mitteilen, wenn wir etwas mehr wissen."
Die beiden Polizisten drängen und verabschieden sich hastig.
Der Professor begleitet sie noch zum Taxi und bleibt wie schockiert auf dem Gehsteig stehen. Es ist Müller, der ihn oft beraten hatte bei der Anschaffung von Informatik-Material. Es ist auch Müller, der ihm abgeraten hatte, den orangefarbenen Industrieroboter zu kaufen. Es ist Müller, der Nelson Lohmann bei der Programmierung des Roboters geholfen hat. Dieser superkluge Müller soll ein Mörder sein?

Im Taxi auf dem Weg zum Amt in der Stadt versucht Hans Hofer zunächst erneut, Esther Correvon anzurufen, aber ohne Erfolg. Er vermutet, daß ihr Telefonapparat immer noch ausgeschaltet ist. Durch die neuste Entwicklung haben sich seine Befürchtungen für Esther Correvon gelegt. Es gelingt ihm, Sprenger zu erreichen und über die Person des Verdächtigen zu informieren. Sprenger beauftragt die beiden Polizisten mit der Festnahme von Thomas Müller und bestätigt das Treffen in seinem Büro auf Freitag morgen um acht Uhr.

In seiner Wohnung wird der Gesuchte nicht erreicht. An alle Polizeistationen in Zürich und Umgebung und auf den wichtigsten Ausfallstraßen wird sofort ein Suchbefehl für den des Mordes verdächtigten Thomas Müller übermittelt.

Am nächsten Morgen beim Treffen mit Sprenger stellt Hans Hofer fest:

„Er ist verschwunden mit seinem Wagen, einem weißen Porsche."

„Wir müssen ihn finden, aber was ist mit Esther Correvon los?"
Hans Hofer gibt einen detaillierten Bericht über die Ereignisse des Vortages ab und wie sie gemeinsam den Vogel Markus Bauer aufgescheucht haben.

„Das erklärt an sich nicht das Andauern der Funkstille unserer Kommissarin. Aber erzählen Sie weiter zum Fall Thomas Müller."

„Der allgemeine Suchbefehl hat zunächst ein wichtiges Ergebnis geliefert: Am Autotunnel beim Walensee ist um 22.41 Uhr die Durchfahrt seines Wagens mittels der Fernsehkamera registriert worden, aber zu spät für eine Festnahme. Wohin könnte Müller über die Walenseestraße fahren? Wir haben uns gesagt, wahrscheinlich ins Engadin zu Markus Bauer. Ab Mitternacht ist darum dann die Suche auf den wichtigsten Zufahrtsweg zum Engadin, den Julierpaß, konzentriert worden, was zum zweiten wichtigen Ergebnis geführt hat: Kurz vor der Paßhöhe hat gegen ein Uhr, offensichtlich beim Erkennen der Polizeikontrolle, ein von Chur herkommender weißer Porsche rechtsum kehrtgemacht. Der Wagen wurde in der Nacht trotz Verfolgung mit dem Motorrad und intensiver Suche nicht gefunden.

„Jetzt nimmt mich aber doch wunder, was Müller so plötzlich dazu treibt, mitten in der Nacht ins Engadin zu fahren."

„Warten Sie! Das hängt vielleicht mit unserem Besuch bei den Eltern Bauer zusammen. Müller hat möglicherweise von den Eltern Bauer etwas erfahren."

„Können wir uns nicht bei den Eltern Bauer per Telefon erkundigen?"

Die glänzende Idee Sprengers wird sogleich in die Tat umgesetzt. Kurz darauf hat Sprenger Frau Bauer am Telefon:

„Gestern abend um sieben hat ein Herr angerufen, ein Freund von Markus, und hat sich nach ihm erkundigt. Ich war noch ganz aufgeregt vom Besuch der beiden Polizisten, die Markus verhaften wollten, und habe seinem Freund die ganze Geschichte erzählt."

„Haben sie ihm gesagt, wo sich Ihr Chalet befindet?"

„Ich habe ihm die Adresse und die Telefonnummer gegeben."

„Haben Sie ihm auch gesagt, daß sich im Chalet eine Schußwaffe befindet?"

„Das habe ich ihm auch erzählt."

„Vielen Dank für die Auskunft. Wir können ihnen mitteilen, daß Markus Bauer nicht mehr verdächtigt wird, aber dieser Mann, der Sie angeblich als Freund von Markus angerufen hat.

Falls er wieder anrufen sollte, dürfen Sie ihm keine Auskunft erteilen. Auf Befehl der Polizei, aus Sicherheitsgründen!"

„Ich habe verstanden!"

„Danke schön, auf Wiedersehen."

Sprenger legt den Hörer ab: „Aha! So hat Müller erfahren, daß die Polizei Markus Bauer verdächtigt. Jetzt braucht er nur noch einen 'Selbstmord' zu inszenieren, indem er Markus Bauer mit dem Revolver der Eltern Bauer aus großer Nähe erschießt und dafür sorgt, daß er keine Fingerabdrücke hinterläßt."

Hans Hofer bemerkt ganz besorgt:

„Das klingt sehr gefährlich! Wir müssen die großen Mittel aufwenden, um ihn zu erwischen, bevor ein weiteres Unglück geschieht."

Hier meldet sich Daniel Wirz:

„Bis jetzt haben wir kein weiteres Lebenszeichen von Thomas Müller und seinem Porsche. Kein Hotel in der Gegend von Chur hat einen Gast unter dem Namen Thomas Müller registriert."

Sprenger stellt die Frage:

„Wie können wir Markus Bauer vor der ihm drohenden Gefahr warnen?"

„Markus Bauer ist mit Esther Correvon verschwunden und wird hoffentlich von ihr beschützt."

„Müssen wir nicht noch mehr mit der Bündner Polizei zusammenarbeiten? Müßte jetzt nicht das Fextal abgesperrt werden?"

Sprenger faßt zusammen:

„Wir suchen drei Personen: Thomas Müller, Markus Bauer und Esther Correvon. Im Moment ist wohl keine der drei Personen im Fextal, aber wir haben keine Ahnung, wo sie sind und ob sie vielleicht irgendwo eine Verabredung haben. Ich denke, daß keine der drei Personen weiß, daß wir von der Krankenschwester des Spitals den Hinweis erhalten haben, daß Thomas Müller der Mörder ist. Wir müssen uns auf die Festnahme Thomas Müllers konzentrieren. Er ist mit einem so auffälligen Wagen unterwegs, einem weißen Porsche. Den werden Sie doch erwischen!"

Hans Hofer sagt zunächst nichts, fährt aber nach einer kurzen Überlegung fort:

„Hat Thomas Müller letzte Nacht am Julierpaß nicht bemerkt, daß er polizeilich gesucht wird und daß er mit seinem weißen Porsche sehr auffällt? An seiner Stelle hätte ich den Porsche irgendwo stehengelassen und hätte einen anderen Wagen, einen weniger auffälligen, gestohlen - oder gemietet."

Sprenger hierauf:

„Das ist eine gute Idee. Das erleichtert uns die Aufgabe. Beim Mieten eines Wagens muß der Mieter seinen Fahrausweis vorweisen. Jetzt würde ich alle Autovermieter zwischen Chur und dem Julierpaß abklopfen, um herauszufinden, ob Müller ein Auto gemietet hat und welches!"

Hans Hofer nickt und schweigt wieder einige Zeit nachdenklich, bis Sprenger ihn ungeduldig anfährt:

„Was überlegen Sie noch? Los, an die Arbeit!"

„Vorsicht! Hat nicht der Mörder einen Fahrausweis gefälscht? Vielleicht hat Müller einen Wagen unter dem Namen Maximilian Lohmann gemietet."

„Auch das ist eine gute Idee!"

Esther Correvon reist nach Italien

Der kleine Opel fährt schneidig die enge Straße von Fex nach Sils hinunter. Nach einigen Minuten stellt der junge Mann die Frage:

„Was ist dein Ziel?"

„Zunächst nach Maloja, dann vielleicht das Bergell hinunter nach Italien und möglicherweise unten rum ins Tessin."

„Das trifft sich gut, ich habe etwa das gleiche Ziel!"

„Mein Name ist Esther, ich bin Juristin und will einige Tage ausspannen, da ich in Zürich eine strenge Arbeit hinter mir habe."

„Mein Name ist Markus. Ich bin Physiker. Es geht mir genau gleich, ich habe ebenfalls eine strenge Zeit hinter mir. Ich bin Assistent am Institut für Robotik in Zürich."

Esther Correvon denkt sich:

„Gott sei Dank, es ist der Richtige."

Sie hat plötzlich Zweifel gehabt, es könnte ein anderer sein. Er macht einen sympathischen Eindruck auf sie. Sie fühlt sich bestärkt im Gedanken, daß er nicht der Mörder sein kann. Es ist längst dunkel geworden, nach der Durchquerung von Sils fahren sie auf die andere Talseite. Am See entlang kommen sie an der berühmten Halbinsel vorbei, wo sie die Bemerkung macht:

„In der Schule habe ich gelernt, daß Nietzsche auf seine alten Tagen hier spazierengegangen und später durch einen Denkstein verewigt worden ist."

Er gibt nur einen Brummton von sich, das Thema scheint für eine Konversation nicht geeignet. Dann münden sie nach links in die Hauptstraße ein und fahren schweigsam den dunklen See entlang Richtung Maloja.

Dort angelangt, äußert er sich schließlich:

„Ich habe Hunger, wie steht's mit dir?"

Sie ist froh, eine persönliche Äußerung von ihm zu hören, und geht gleich auf seine Anregung ein. Er fährt fort:

„Ich schlage vor, wir essen hier. Ich möchte meinen Chauffeur zum Essen einladen. Bei der Weiterfahrt durch das Bergell ist es in dieser Jahreszeit übrigens schwierig, ein offenes Restaurant zu finden. Wie ich beim Vorbeifahren bemerkt habe, ist das Hotel 'Piz Lungin' offen, ein Hotel am Anfang von Maloja mit einer guten Küche."

Inzwischen ist es sechs Uhr. Esther Correvon fährt zurück zum Eingang von Maloja und stellt den Wagen auf den Parkplatz vor dem Hotel. Sie steigen aus, hinterlassen ihr Gepäck und schließen den Wagen ab.

Eine freundliche Frau empfängt sie:

„Die Küche ist erst ab sieben offen, aber bitte installieren Sie sich hier im Café, ich werde Ihnen einen Aperitif servieren."

Das Café mit einfachen Tischen ohne Tischtücher ist mit einem Pflanzenparavent vom eigentlichen Restaurant abgetrennt. Dort sind die Tische mit weißen Tischtüchern versehen, und ein Kellner ist dabei, die Gedecke für das Nachtessen herzurichten.

Als die beiden sich an einem Tisch im Café niedergelassen haben, hat sie endlich Gelegenheit, den gefangenen Vogel aus der Nähe anzusehen. Er gefällt ihr, aber eigentlich ganz anders, als es sich für einen Mordverdächtigen schickt.

„Entschuldige mich einen Moment!"

Sie fühlt sich plötzlich unruhig. Die Wärme im Raum überfällt sie, so daß sie sich rasch erhebt, um in Richtung „Ladies" zu verschwinden. Sie nutzt die Gelegenheit, um ihr Make-up aufzufrischen, mit etwas mehr Lippenrot als an einem gewöhnlichen Werktag. Auf dem Rückweg bleibt sie jedoch hinter dem Pflanzenparavent stehen, um ihren Vogel in aller Ruhe anzusehen. Bauer sitzt, wie sie ihn verlassen hat, in Gedanken versunken auf seiner Bank; sein Profil hebt sich gegen das helle, von außen beleuchtete Fenster ab. 'Was mache ich jetzt?' fragt sich Esther Correvon. Andere Gäste verdecken kurz die Gestalt von Bauer. 'Ah, er sitzt immer noch dort. Was mache ich jetzt? Er soll der

Hauptverdächtige sein? Ich glaube es je länger, je weniger. Ich muß jedenfalls noch mehr von ihm und über ihn erfahren.' Angestrengt denkt sie nach und wird plötzlich von einem Blatt aus dem Pflanzenparavent leicht im Gesicht gestreift, so daß sie zusammenfährt. 'Also, mehr von ihm wissen und weiter die Juristin aus Zürich spielen. Hofer rufe ich später an.' Die kurze Pause in ihrem Versteck hat ihr erlaubt, sich zu fassen und sich einen, wenn auch rudimentären, aber doch immerhin einen Plan zu machen. Leichten Schrittes kehrt sie zu ihrem Begleiter zurück und läßt sich ihm gegenüber auf den Stuhl fallen. Er trifft keine Anstalten, sich zu erheben. Langsam richtet er seinen Blick auf sie, von weitem und verloren, so daß sie wieder ganz kurz die Fassung verliert.

Doch dann beginnt sie in belanglosem Ton vom Wetter zu reden:

„Im Unterland herrscht dieses trübe Novemberwetter. Da kann man sich gar nicht mehr vorstellen, daß es eine Sonne gibt. Darum bin ich heute hier heraufgekommen. Ich habe schon viel vom Fextal gehört und wollte mir das einmal ansehen."

Esther Correvon gibt sich Mühe, unbeschwert dahinzureden, in der Hoffnung, daß er dies auch tun wird. Sie denkt an ihre roten Socken und an die Wanderschuhe mit der Befürchtung, daß sie doch verkleidet wirke. Die Frau bringt ihnen einen Aperitif in hohen Gläsern, und beide saugen mit den Röhrchen lustvoll das süße, leicht alkoholisierte Getränk. Andere Gäste treten ein und setzen sich. Andere gehen vorbei, in der Tat solche mit roten Socken, um sich nach hinten in ihre Zimmer zu begeben

„Bist du schon im Winter hier in Maloja gewesen?" fragt er sie.

„Nein!"

„Aber Du kennst gewiß die Werke des Bildhauers Alberto Giacometti?"

„Der mit den schlanken Figuren?"

„Genau der. Im Kunsthaus in Zürich befindet sich eine ganze Anzahl dieser schlanken Figuren mit kleinem Kopf und großen Füßen von Giacometti. Er hat seine Jugend hier in Maloja verbracht und ist bestimmt auf dem zugefrorenen und verschneiten See spazierengegangen.

„Ja, und?"

„Bei Sonnenuntergang, der im Winter hier am See besonders spektakulär ist, da zwischen der untergehenden Sonne und dem See keine Berge sind, hat man auf der verschneiten Fläche des Sees einen langen Schatten. Der Kopf ist klein, der Körper lang und schlank, und die Füße sind groß und plump."

Mit den Händen umfährt er die beschriebenen Formen.

'Welch schöne Hände', denkt sie, 'welch zarte Bewegungen'. Er fährt fort:

„Bist du kurz vor dem Sonnenuntergang auf dem See, dann sieht auf der weißen Fläche des Sees dein Schatten wie eine der vielen Statuen von Giacometti aus. Der Anblick seines Schattens auf dem Silser See hat unseren Künstler ein Leben lang zu seinen Figuren inspiriert."

„Ist das eine erwiesene Tatsache? Hast Du das irgendwo gelesen?"

„Nein. Es ist meine persönliche Theorie, die auf meinen eigenen Beobachtungen beruht!"

„Darüber könnte ein Kunsthistoriker eine Doktorarbeit schreiben!"

„Warum nicht!"

Der Kellner meldet, daß die Küche offen sei, und weist ihnen am Rand des Restaurants einen Tisch mit zwei Plätzen zu. Es herrscht eine typische Spätherbststimmung, mit Spaziergängern, die vielleicht eine Nacht hier verbringen. Kaum Hotelgäste für längere Aufenthalte. Das Menü paßt ihnen, und beide essen mit gutem Appetit. Sie bestellen eine Flasche Veltliner, einen herben Rotwein, der im Engadin häufig getrunken wird. Das Gespräch verläuft ungezwungen. Sie finden gemeinsame Interessen: Theater, Oper und Musik. Das Thema Robotik wird von beiden vermieden. Sie ist fasziniert von seinen Händen:

„Spielst du ein Musikinstrument?" „Früher habe ich Klavier gespielt, aber ich komme nicht mehr dazu. Meine Assistentä-

tigkeit und die Doktorarbeit beschäftigen mich zu sehr. Spielst
du ein Instrument?"
„Leider nicht. Ich hätte immer gerne Geige gespielt, aber meine
Eltern waren nicht dafür. Jetzt ist es wahrscheinlich zu spät, um
anzufangen."
Beim Dessert fragt sie etwas zaghaft:
„Fahren wir gleich weiter?"
Beide zeigen keine große Begeisterung und beschließen, hier zu
übernachten. Sie erfahren, daß im Hotel noch Zimmer frei
seien, und schreiben sich für zwei Einzelzimmer ein. Sie stellt
fest, daß er sich unter seinem Namen einschreibt, und denkt:
'Welcher Leichtsinn! Sprenger könnte ja einen Haftbefehl für
Markus Bauer ausgegeben haben, und da würde ihn die Polizei
hier im Hotel leicht erwischen.' Sie kämpft mit sich selbst, ob sie
ihm etwas sagen soll. Sie verzichtet darauf und denkt: 'Warum
ändert er seine Taktik jetzt, wo er doch anfänglich offensichtlich
rasch ins Ausland wollte? Wahrscheinlich weiß er nicht, daß die
Hotels jede Nacht ihre Gästeliste an die Polizei mitteilen.'
Anschließend bringen sie ihr mageres Gepäck vom Auto in die
Zimmer. Er schlägt vor, noch einige Schritte im Freien, am See
entlang, zu tun. Sie überqueren den breiten Landstreifen zwischen dem Hotel und dem See, der bei der windstillen Dunkelheit wie Quecksilber aussieht. Nach ein paar Schritten faßt der
junge Mann sie zart um die Schulter, und sie läßt es wohlwol-
lend geschehen. Hie und da stört ein vorbeifahrendes Auto mit
Licht und Lärm das stille Idyll. Er macht die Bemerkung, daß er
eine Schwäche für intelligente Frauen habe und daß er bis jetzt
noch keiner begegnet sei, die ihm auch sonst gefalle. Sie versucht, auch ihm zu verstehen zu geben, daß auch er ihr gefalle,
aber ohne es ihm direkt zu sagen.
Nach etwa einer Stunde kehren sie zum Hotel zurück, wo er vor
dem Eingang innehält. Eine lange andauernde Umarmung und
ein Kuß lassen beide alles vergessen. Schließlich spüren sie
doch, daß es kühl geworden ist, verabschieden sich und gehen
jeder in sein Zimmer, nachdem sie abgemacht haben, am näch-

sten Tag um sieben Uhr zu frühstücken, um gleich anschließend das Bergell hinunter nach Italien zu fahren.

Allein in ihrem Zimmer, denkt Esther Correvon über vieles nach. War sie jetzt nicht verpflichtet, Hans Hofer oder Sprenger zu erreichen, um sie über den Gang der Dinge zu informieren? Aber was war der Gang der Dinge? Einerseits hat sie noch keine Information über Markus Bauers Beziehung zu Nelson Lohmann und seinem Roboter erhalten. Andererseits hat sie keine Lust, ihre unerwartete Freundschaft mit Markus zu trüben. Sie beschließt daher, nicht zu telefonieren und das portable Telefon im Kofferraum ihres Wagens stumm ruhen zu lassen.

Sie schläft nach einiger Zeit ein und wird gegen vier Uhr durch ein Geräusch von der Straße geweckt. Ein Wagen hält vor dem Hotel an. Dann hört sie Stimmen und ein Geräusch, wie vom Öffnen der Eingangstüre des Hotels. Ist das die Polizei, die vorbeikommt, um Markus zu verhaften? Nach einiger Zeit wird es wieder ruhig, und das Auto fährt weiter. Jetzt kann sie nicht mehr schlafen. Der Gedanke, daß Markus im Hotel verhaftet werden könnte, läßt ihr keine Ruhe. Soll sie ihn informieren über die Gefahr? Aber dann müßte sie ihm erst lange erklären, wer sie ist.

Ist vielleicht Markus schon verhaftet worden? Ist er überhaupt noch in seinem Zimmer? Unruhig wälzt sie sich hin und her in ihrem Bett mit den unguten Gedanken, die in der Einsamkeit der Nacht so leicht zu Schreckgespenstern werden. Dann, hört sie richtig? Ein leises Klopfen an der Türe. Ganz aufgeregt hört sie hin. Das sanfte Klopfen wiederholt sich. Sie steht auf, geht zur Türe und dreht den Schlüssel im Schloß. Durch den Spalt der leicht geöffneten Türe erkennt sie Markus Bauer im Nachtgewand. Erleichtert atmet sie auf, läßt ihn herein.

„Was machst Du hier?"

Er beginnt leise zu erzählen:

„Ich bin durch ein vor dem Hotel anhaltendes Auto geweckt worden. Ich habe mir vorgestellt, die Polizei sei gekommen, um mich zu verhaften."

Esther Correvon überlegt sich: 'Soll ich ihm jetzt sagen, wer ich bin? Nein, ich will ihm auch jetzt noch nicht die Frage stellen, warum er vor der Polizei Angst hat.' Statt dessen umfängt sie ihn mit ihrem Arm und weist ihm das zweite Bett an. Die beiden bleiben noch eine Weile wach und sinken gegen fünf Uhr in einen tiefen Schlaf. Erst um neun Uhr sitzen sie im Restaurant bei einem reichen Frühstück. Das Wetter ist strahlend schön. Sie plaudern über dieses und jenes, und Esther stellt schließlich die Frage:

„Warum hast du Angst vor der Polizei?"

„Ich war am Institut in eine Sache verwickelt, bei welcher ein Kollege umgekommen ist. Ich trage vielleicht einen Teil der Schuld, aber die Geschichte ist sehr kompliziert und schwierig, einem Polizisten zu erklären. Darum bin ich am Montag vom Institut weggereist, um mich hier im Engadin zu verstecken. Aber ich weiß, daß mich die Polizei sucht und inzwischen auch weiß, daß ich hier oben bin."

Esther Correvon zögert, ihm die Wahrheit zu erzählen, beschließt aber dann, weiterhin ihre wahre Identität zu verschweigen.

„Fahren wir das Bergell hinunter nach Italien, dort wird dich die Polizei kaum mehr suchen!"

Ihre Siebensachen sind rasch gepackt, die Hotelrechnung bezahlt, und schon geht die Fahrt durch das völlig ausgestorben wirkende Maloja, dann die Straße mit den vielen Kurven hinunter. Durch die idyllischen Dörfer des unteren Bergells gelangen sie um Mittag an die italienische Grenze, wo sie zu ihrem Schrecken auf der Schweizer Seite ihre Pässe zeigen müssen, aber schließlich ohne weiteres durchgelassen werden.

„Du wirst von der Polizei nicht allzu intensiv gesucht, sonst wärst du hier gefaßt worden."

Idyll in Chiavenna

Die Fahrt geht weiter bis Chiavenna, wo sie den Wagen auf einem Parkplatz stehenlassen, um sich die Stadt anzusehen. Bei dem gemütlichen Spaziergang durch die Innenstadt geben sie sich die Hand. Schließlich finden sie am Bach, der die Stadt durchquert, eine Trattoria, die sie mit einem attraktiven Aushang zum Mittagessen einlädt.

„Die beiden Dinge, die in Italien wichtig sind, weil sie besser sind als irgendwo sonst, sind Teigwaren und Kaffee."

„Nichts wie los!"

Sie installieren sich an einem schön hergerichteten kleinen Tisch und beschäftigen sich gleich mit der Menükarte. Sie bekennen beide, daß sie Hunger haben, und stellen sich ein Essen mit mehreren Gängen zusammen. Wie beim Frühstück geht das Gespräch ungezwungen von einem Thema zum anderen.

„Weißt du, daß Chiavenna und das dahinter liegende Veltlin eigentlich zur Schweiz gehören sollten?"

„Nein, die Geschichte kenne ich nicht!"

„Als nach der Niederlage Napoleons beim Wiener Kongreß Europa neu aufgeteilt wurde, war die Schweizer Delegation einverstanden, Graubünden in die Eidgenossenschaft aufzunehmen, aber unter der Bedingung, daß das Territorium Graubünden etwas kleiner gemacht werde. Und so hat die Schweiz dieses schöne Gebiet verloren."

„Sei froh, daß Chiavenna nicht zur Schweiz gehört, sonst müßtest du weiter vor den Polizisten Angst haben!"

Nach einem fröhlichen Lachen bittet sie ihn schließlich, er solle ihr doch die Geschichte mit dem verstorbenen Kollegen in allen Einzelheiten erzählen, sie sei Juristin und könne ihm vielleicht helfen.

Er beginnt mit der Beschreibung der Situation am Institut, erzählt einiges über die Forschungsprojekte und wie er und Nelson
Lohmann sich über den Computer gegenseitig Streiche gespielt
haben. Er beschreibt, mit einem gewissen Stolz, das Reflexsystem, mit dem alles, was ihm Nelson zugeschickt hat, automatisch an den Absender zurückgesandt wurde.
Sie bleiben lange am Tisch sitzen, während er erzählt und erzählt. Sie zögert, packt aber noch nicht aus, wer sie ist. Dann
verlassen sie die Trattoria, um weiterzuspazieren. Sie bewundern
die schönen alten Häuser, der Himmel hat sich inzwischen mit
Wolken überzogen. Sie schauen sich tief in die Augen und beschließen, in Chiavenna ein Hotel zu suchen.
Man empfiehlt ihnen ein kleines Hotel beim Bahnhof. Der
Mann am Schalter schlägt ihnen ein Doppelzimmer vor. Esther
hat nichts dagegen einzuwenden. Markus muß gleich das Bett
prüfen. Er umarmt Esther und läßt sich mit einer eleganten
Geste mit ihr aufs Bett fallen. Sie wehrt sich. Aus dem Kampf
wird eine leidenschaftliche Umarmung.
Gegen zwanzig Uhr beschließen sie, gleich im Hotel essen zu
gehen. Sie installieren sich an einem Tisch. Im Restaurant des
Hotels ist eine Telefonkabine, was ihn auf die Idee bringt, seine
Eltern anzurufen. Er erreicht seine Mutter, die ihm mitteilt, daß
er von der Polizei nicht mehr verdächtigt wird, sondern ein
anderer. Er kehrt freudig an den Tisch zurück mit der Meldung.
Auf die günstige Neuigkeit hin kommen sie überein, am Samstag morgen ins Chalet zurückzukehren. Es sei doch genau so
schön und zudem weniger kostspielig.
Erfreut über die Nachricht, entschuldigt sich Esther Correvon,
verläßt für einen kurzen Moment das Restaurant und versucht
im Freien, telefonisch mit Hans Hofer in Verbindung zu treten.
Enttäuscht muß sie aber feststellen, daß ihr portables Telefon in
Chiavenna nicht funktioniert. Der Ort liegt im Ausland und ist
zudem durch Berge von der Schweiz abgeschirmt. Sie kehrt ins
Restaurant zurück und versucht, ihren Kollegen über den Apparat der Telefonkabine zu erreichen. Da ihr auch das nicht

gelingt, hinterläßt sie bei der Zentrale des Amtes die Mitteilung, sie sei zur Zeit noch in Italien mit Markus Bauer, werde aber am Samstag wieder im Engadin sein.

Irritiert durch die telefonischen Bemühungen seiner Begleiterin fragt Markus Bauer:

„Wen hast du angerufen?"

„Jetzt muß ich dir gestehen, wer ich bin!"

Er habe es gleich von Anfang an gedacht. Allerdings habe sich bei ihm dann in der Nacht der Verdacht wieder gelegt. Sie erzählt den Verlauf der Untersuchung. Sie erfährt dann von Markus Bauer, daß Thomas Müller in den vergangenen Tagen an verschiedene Mitarbeiter des Institutes mit einer Einladung zu einer Spritztour mit seinem neu erstandenen Porsche herangetreten sei. Er, Markus, habe sich nicht auf Thomas Müller eingelassen, er sei ihm unheimlich, er halte ihn für einen verantwortungslosen Spinner. Hingegen wisse er, daß Nelson die Einladung angenommen habe.

„Weißt du, wann sie losgefahren sind?"

„Warte mal, das muß letzte Woche Donnerstag am Spätnachmittag gewesen sein!"

„Das war der Abend, an dem die Hauswirtin im Haus, wo Nelson während der Woche gewohnt hat, die beiden Herren in heftiger Diskussion gehört hat. Also war wahrscheinlich Thomas Müller der nächtliche Besucher bei Lohmann."

„Warum waren sie in heftiger Diskussion?"

„Oft waren sie sich in technischen Fragen, im Zusammenhang mit der Computerei nicht einig."

„Ist das nicht ein unwahrscheinliches Thema für eine Diskussion im Treppenhaus abends um zehn Uhr?"

„Es muß sich eher um ein Diskussionsthema handeln mit Bezug auf etwas kurz zuvor Geschehenes!"

Nach einer kurzen Stille meint Esther Correvon:

„Was kann schon eine Spritzfahrt mit einem weißen Porsche an Geschehnissen produzieren? Ist während der gemeinsamen Autofahrt irgend etwas vorgefallen?"

Esther Correvon überlegt weiter, und dann kommt es wie eine Erleuchtung:

„Ich habe ja die Beule auf der Motorhaube von Müllers Wagen gesehen!"

„Es gibt beim Porsche vorn keine Motorhaube, der Motor befindet sich hinten!"

„Ihr Männer müßt doch immer recht haben! Ich habe eine verdächtige Beule auf dem schräg abfallenden Teil der Vorderseite des Wagens gesehen. Wahrscheinlich haben sie bei ihrer Spritzfahrt am Donnerstag abend einen Unfall gebaut und sind möglicherweise geflohen."

„Ja, das klingt sehr plausibel.

„Und dann wollte Nelson Lohmann den Vorfall der Polizei melden, und Thomas Müller war dagegen. Letzterer hat wahrscheinlich am Steuer gesessen."

„Das entspricht dem Charakter der beiden. Deine Theorie ist einleuchtend. Das würde tatsächlich die Diskussion erklären, welche die Hauswirtin am Donnerstag abend im Treppenhaus gehört hat."

„Ich werde versuchen, meine Theorie zu untermauern mit einer Anfrage bei der Zürcher Verkehrspolizei!"

Sie benutzt den Apparat der Telefonkabine, um ihre Anfrage an die Zürcher Verkehrspolizei durchzugeben. Sie wird ersucht, die Telefonnummer anzugeben. Sie werde in einigen Minuten Bescheid erhalten.

Markus Bauer bemerkt nach einigem Überlegen:

„Ich kann mir sogar vorstellen, daß Thomas an Nelson ein Ultimatum gestellt hat, daß er ihm bei seiner Arbeit keinen Strich mehr helfen werde, falls er die Umstände des Unfalls der Polizei oder sonst irgend jemandem erzähle."

Hierauf sagt Esther Correvon:

„Was auch immer diskutiert wurde zwischen den beiden, ich verstehe nun, warum Nelson Lohmann am Wochenende schweigsam und bedrückt gewesen ist!"

„Kommen wir noch zu dem Telefonanruf am Montag morgen: Hat Thomas angerufen, um sich zu vergewissern, daß Nelson noch niemandem von dem Vorfall erzählt hat? Oder war es ein Anruf, um zu sehen, ob Nelson auf die Geheimhaltung eingeht, worauf Thomas ihn gewarnt hätte, seine Roboteranlage nicht in Betrieb zu setzen?"

„Das ist doch jetzt egal! Die Hauptsache ist, daß wir dem Motiv von Thomas Müller für den Mord an Nelson Lohmann auf den Grund kommen!"

Beide sind begeistert, daß sie das Rätsel des Roboterschlages gelöst haben. Es gelingt ihnen, noch einige Einzelheiten abzuklären, und Esther Correvon ist so glücklich, daß ihr Vogel nicht schuldig ist.

Der Anruf der Zürcher Verkehrspolizei an die Kommissarin Correvon bestätigt, daß am Donnerstag abend der vorangehenden Woche am Pfannenstiel, einem Hügel etwa 20 km von Zürich entfernt, ein Fußgänger im Wald von einem weißen Auto angefahren und verletzt worden sei. Der Fahrer sei, ohne anzuhalten, weitergefahren, und die Polizei habe als einziges Indiz an der Unfallstelle feine Bruchstücke der weißen Farbe des Autos gefunden.

Jagd auf den Mörder

Am Freitag morgen gegen neun Uhr treffen sich die beiden Polizisten bei Sprenger im Amtsgebäude in Zürich. Er faßt zusammen:
„Wir wissen jetzt, wer wahrscheinlich der Mörder ist. Über sein Motiv haben wir allerdings keine Ahnung. Eine Konfrontation mit der Krankenschwester ist nicht mehr notwendig, da Thomas Müller durch sein Verhalten seine Schuld bestätigt. Wir müssen alles daransetzen, um ihn zu erwischen. Sie, Hofer, veranlassen, daß bei Hotels und Autovermietern in der Gegend zwischen Chur und dem Engadin der Kunde mit dem Namen Thomas Müller oder Maximilian Lohmann ausfindig gemacht wird. Falls Müller ein Auto gemietet hat, suchen wir dieses. Ein völliges Absperren des Engadins oder des Fextals scheint mir zu aufwendig; aber lassen Sie jedenfalls die Kontrolle auf dem Julier in Kraft und veranlassen Sie, daß die Überwachung der Zufahrt mit Motorfahrzeugen zum Fextal streng durchgeführt wird."
Hans Hofer bestätigt, und Sprenger fährt nach kurzer Pause fort:
„Haben wir ein brauchbares Signalement von Thomas Müller? Eine gute Foto außer den beiden nicht allzuguten Aufnahmen vom Institut?"
„Das wird Daniel Wirz besorgen und an die Polizei von Graubünden weiterleiten. Ich möchte mich selbst ins Engadin begeben für die Verhaftung von Müller."
„Einverstanden, aber verschwinden Sie bitte nicht von der Bildfläche wie Frau Correvon!"
Nachdem sich Hans Hofer und Daniel Wirz von Sprenger verabschiedet haben, machen sie sich an die Ausführung der Beschlüsse. Am Ende des Vormittags, als die Meldung und das Signalement von Müller schon längst über die Bündner Polizei

an die Hotels und Autovermieter im umschriebenen Raum weitergegeben worden waren, kommen zwei Meldungen herein:
Ein Mann hat sich letzte Nacht unter dem Namen Maximilian Lohmann in einem Hotel in Parpan, einem Ferienort nahe von Chur, eingetragen. Nach Angabe des Personals sei er spät in Begleitung einer jungen, blonden Dame eingetroffen. Die beiden hätten das Hotel schon früh am Morgen wieder verlassen. - Ein Autovermieter in Chur habe kurz nach neun Uhr einem Herrn Maximilian Lohmann einen grauen Ford Escort mit Nummernschild GR 142857 vermietet. Er habe eine Fotokopie des Fahrausweises und des Mietvertrages, die er beide der Polizei zur Verfügung stelle.
„Da haben wir schon brauchbare Resultate. Das einzige Element, das nicht in das Konzept paßt, ist die blonde Dame.
Hans Hofer veranlaßt, daß der Mietwagen in die Suche von Thomas Müller eingeschlossen wird und beschließt, der Sache mit dem Hotel in Parpan selber nachzugehen. Er verabschiedet sich von Daniel Wirz und bereitet sich auf die Fahrt ins Bündnerland vor.
Gegen halb drei Uhr trifft Hans Hofer in Chur ein, um bei dem Wagenvermieter die versprochenen Papiere in Empfang zu nehmen. Er konstatiert, daß alle Angaben der telefonisch übermittelten Information entsprechen, daß man aber auf der Fotokopie des Fahrausweises nicht erkennen kann, ob es sich vielleicht um eine Fälschung handelt. Er dankt dem Vermieter für seine wertvollen Angaben und verabschiedet sich.
Um halb vier trifft er in Parpan den lokalen Vertreter der Bündner Polizei, den er vorher telefonisch benachrichtigt hatte. Zu zweit begeben sie sich in das Hotel, in dem vermutlich Thomas Müller übernachtet hat, um das Personal über den Besuch des angeblichen Maximilian Lohmann mit der blonden Dame auszufragen. Er sei ein großer Mann mit dunklem Haar. Er sei etwa um zwanzig Uhr mit einem Mittelklassewagen mit einem Nummernschild SG vorgefahren, zum Nachtessen. Hans Hofer greift sich an den Kopf:

„Das paßt alles gar nicht auf Thomas Müller. Handelt es sich vielleicht um den richtigen Maximilian Lohmann, den Bruder von Nelson Lohmann?"

Ein Anruf bei der Textilfirma in Wil ergibt die Auskunft, Herr Lohmann habe sich gestern nachmittag mit dem Wagen auf eine Geschäftsreise nach Italien begeben. Zudem findet Hans Hofer in seiner Ledertasche die Unterschriftmuster, die ihm der richtige Maximilian Lohmann per Fax zugeschickt hatte. Die Übereinstimmung mit dem Eintrag auf dem Anmeldeformular des Hotels ist perfekt!

„Wir sind auf eine falsche Piste geraten. Entschuldigen Sie, daß ich Sie für nichts bemüht habe."

Hans Hofer verabschiedet sich und fährt Richtung Julierpaß weiter. Dort trifft er die Straßenkontrolle der Bündner Polizei, stellt sich vor und erfährt, daß in der Tat am Vormittag gegen zehn Uhr der graue Ford Escort mit der Nummer GR 142857 durch die Kontrolle gefahren sei. Alle Papiere seien in Ordnung gewesen.

Hans Hofer erreicht Sprenger am Telefon und berichtet über den Stand der Untersuchung, woraus dieser, wie üblich, seine Folgerungen zieht:

„Jetzt wissen wir, daß sich Thomas Müller im Engadin aufhält. Er wird wahrscheinlich versuchen, sich in das Chalet der Familie Bauer zu begeben. Wenn er mit seinem Wagen nicht ins Fextal gelangt, wird er ihn in Sils irgendwo parkieren, wird in einem Hotel in Sils übernachten und dann zu Fuß nach Fex gelangen. Schauen Sie sich die Sache an, und geben Sie Bericht! Von Frau Correvon haben Sie nichts gehört?"

„Nein! Diese lange Funkstille macht mir Sorgen. Ich werde Sie informieren, wenn ich etwas höre!"

Ein erster und ein letzter Schuß

Samstag gegen Mittag auf ihrem Weg von Chiavenna ins Fextal machen Esther Correvon und Markus Bauer halt in Sils, um eine Kleinigkeit zu essen und für das Wochenende einzukaufen. Es beginnt zu schneien.

Am Eingang des Fextals werden sie angehalten. Markus Bauer grüßt den Polizisten, der ihn als den Sohn eines Chaletinhabers erkennt und durchfahren läßt, allerdings mit der Bemerkung:

„Gestern gegen Mittag hat ein Fremder versucht, hier durchzufahren, mit der Angabe, er sei ein Freund von Ihnen und komme auf Besuch in Ihr Chalet. Aber wir haben gestern vormittag Weisungen von oben erhalten, eine strenge Kontrolle durchzuführen, und so habe ich ihn nicht durchgelassen. Er wird es wohl heute wieder versuchen. Aber die Regel lautet: Nur ein Motorfahrzeug pro Chalet."

„Danke, ich weiß. Auf Wiedersehen!"

Durch die Schneeflocken fahren sie auf der schmalen Straße das Tal hoch. Vor dem Chalet angekommen, steigt er aus, um möglichst rasch die Heizung in Betrieb zu setzen, während sie den Wagen auf einem einige hundert Meter weiter oben gelegenen Parkplatz parkiert, ihre schwarze Tasche mit den wesentlichen Sachen mitnimmt und abschließt.

Sie geht zum Chalet und läutet. Zu ihrem Erstaunen ist die Türe verschlossen. Sie erhält keine Antwort. Sie denkt sich: 'Ist Markus noch gar nicht ins Chalet gekommen? Doch!'

Sie erkennt seine Spuren im Schnee. Bei genauerem Hinsehen stellt sie fest, daß es innen dunkel ist, außer einer schwachen Lampe im Hauptzimmer. 'Ich habe ihn vor zehn Minuten hier abgeladen, und jetzt reagiert er nicht mehr. Die Lampe hat er angestellt. Ist ihm dann etwas zugestoßen?'

Esther Correvon klopft kräftig:

„Markus, mach auf! Ich bin's, Esther!"

Keine Reaktion. Sie probiert mit ihrem portablen Telefon im Chalet anzurufen, erhält aber auch so keine Antwort. Sie geht ums Haus herum und sieht, daß das Chalet eine Hintertüre hat, die aber auch abgeschlossen ist. Beim genauen Hinsehen, nach einigem Suchen, stellt sie allerdings fest, daß durch Zerbrechen einer Scheibe an der Türe eingebrochen worden ist. Es gelingt ihr, durch das zerbrochene Fenster den Verschluß der Türe zu lösen und leise durch die Türe einzutreten. Beim Gehen steht sie auf Glasscherben, und es entsteht ein knirschendes Geräusch. Sie hält inne. Jemand löscht vorne das Licht der Stehlampe. Nach dem ersten Schreck wird ihr klar, daß jemand, wahrscheinlich Thomas Müller, vor einiger Zeit ins Chalet eingebrochen ist und nun Markus Bauer in Schach hält.

Die Sache wird ihr unheimlich. Sie eilt ins Freie zurück, zieht das mobile Telefon aus der schwarzen Tasche und ruft in Zürich beim Amt an, wo sie erfährt, daß Sprenger im Moment nicht erreichbar und Hans Hofer ins Bündnerland verreist sei. Die Telefonistin kann ihr nichts Näheres über den Fall Nelson Lohmann mitteilen.

Darauf versucht sie, telefonisch Hans Hofer direkt auf seinem portablen Telefon zu erreichen, was ihr gelingt. Er gibt seiner Freude Ausdruck, ein Lebenszeichen von ihr zu erhalten. Er sei in Sils und sei auf der Spur von Thomas Müller, den Sprenger als den erwiesenen Mörder von Nelson Lohmann halte. Er habe jetzt gerade, nach langem Suchen, auf dem Parkplatz vor einem neueren Mehrfamilienhaus in Sils den Wagen gefunden, den Müller gestern in Chur gemietet habe, einen grauen Ford Escort. Nachdem sie noch einige Einzelheiten über die Geschehnisse der letzten Tage erfährt und ihm mitteilen kann, daß sie wahrscheinlich das Motiv für die Tat Thomas Müllers kennt, gibt sie ihm ihren Standort und das unheimliche Erlebnis vor dem Chalet Bauer bekannt. Hans Hofer teilt ihr mit, daß in etwa zwanzig Minuten die Einsatzgruppe der Bündner Polizei eintreffe, die bereits nach Fex unterwegs sei.

Ihre Ungeduld und der Drang zu wissen, was Markus zugestoßen sein könnte, bringt Esther Correvon zu einem einer Polizeikommissarin unwürdigen, unvorsichtigen Verhalten. Sie geht wieder hinten in das Haus hinein, es ist dunkel und kalt. Sie nimmt Kenntnis davon, daß Markus Bauer offensichtlich nicht Zeit gehabt hat, die Heizung einzuschalten oder im offenen Kamin ein Feuer anzustecken Sie findet einen Lichtschalter und betätigt ihn.

„Ausschalten!" ertönt eine Stimme, die ihr bekannt vorkommt, und dann erfolgt ein Schuß. Die Angst packt sie: 'Nach seinem Einbruch hat Thomas Müller im Chalet wohl den Revolver der Familie Bauer gefunden. Ist Markus erschossen worden? Ist er in Lebensgefahr? Mut!'

Esther Correvon schleicht hinein. Sie erkennt im Halbdunkel Markus Bauer als Schattenbild in einem Sessel und ihm gegenüber einen Mann mit einer Schußwaffe in der Hand, auf Markus gerichtet. Dann wird sie ihrerseits erkannt.

„Nehmen Sie Platz, und verhalten Sie sich ganz ruhig!" Sie erkennt an der Stimme Thomas Müller, setzt sich neben Markus und denkt sich: 'Gott sei Dank lebt er noch.' Was ist zu tun, um zu verhindern, daß sie beide hier umgebracht werden und hier vereint als Liebespaar in den Tod gehen? 'Jetzt muß ich Zeit gewinnen, bis die Bündner Polizei kommt.'

Trotz der gefährlichen und gespannten Lage kommt ihr ein amüsanter Gedanke; sie denkt an das Märchen vom Gestiefelten Kater: 'Kannst du dich auch in ein Mäuschen verwandeln?' Der Gedanke ist richtig, sie muß das Gespräch auf ein Gebiet leiten, wo sich Thomas Müller groß und machtvoll vorkommt; auf diese Weise wird er zu reden fortfahren.

Durch Müllers monotone Stimme wird sie aus ihren Gedanken aufgeweckt:

„Hören Sie gut zu: Markus Bauer wird mit dem Revolver seines Vaters Selbstmord begehen. Er gesteht, Nelson Lohmann umgebracht zu haben, und bereut sein Tun!"

„Hochinteressant! Aber was machen Sie hier?"

„Ich habe im Sinn gehabt, ihm bei der Tat durch die Bedienung des Revolvers zu helfen."

Markus Bauer sitzt wie versteinert auf seinem Sessel und sagt kein Wort. Inzwischen gewöhnt an die Dunkelheit, sieht Esther Correvon, daß Thomas Müller weiße Handschuhe trägt. 'Er will keine Fingerabdrücke hinterlassen', denkt sie sich, doch läßt sie sich trotz innerer Erregung nicht aus der Ruhe bringen:

„Ich möchte Sie etwas fragen. Was ist ihr Motiv? Warum haben Sie das Programm 'Kopf' abgewandelt?"

„Ich hatte Meinungsverschiedenheiten mit Nelson Lohmann."

„Wegen Ihrer Fahrerflucht am Donnerstag abend?"

Thomas Müller erschrickt sichtlich:

„Wie das?"

„Die Verkehrspolizei hat mir mitgeteilt, daß am Donnerstag abend voriger Woche am Pfannenstiel im Wald ein Fußgänger von einem weißen Wagen angefahren worden ist und daß der Fahrer geflohen ist. Es wird der Polizei möglich sein zu beweisen, daß Ihr Porsche der gesuchte weiße Wagen ist. Ich habe übrigens vor einigen Tagen, am Mittwoch, bemerkt, daß Ihr Wagen vorne eine Beule aufweist. Wir wissen, daß Sie an dem betreffenden Donnerstag abend mit Nelson Lohmann ausgefahren sind, und ich nehme an, daß er den Vorfall der Polizei melden wollte, was Sie unter allen Umständen verhindern mußten."

„Die Episode hat mir die Möglichkeit gegeben zu beweisen, daß ich den beiden Streithähnen in Sachen fortgeschrittener Programmierung überlegen bin, und bei dieser Gelegenheit konnte ich auch dem Herrn Professor zeigen, daß er einen falschen, für seine Forschungsarbeiten ungeeigneten Roboter gekauft hat!"

„Wie haben Sie den Roboter dazu gebracht, sich so schnell zu bewegen?"

„Das war ein leichtes", fährt Thomas Müller fort, „in den letzten Tagen habe ich Nelson helfen müssen, seinen Computer über internationale Netze an jene Quellen anzuschließen, die ihm ermöglichen sollten, seinen Roboter mit der Stimme zu steuern. Ich war schließlich völlig vertraut mit dem Aufbau seiner An-

lage, seinen Programmen und sogar mit seinem Codewort!
Sonntags war Nelson nie am Institut. Am letzten Sonntag
konnte ich in aller Ruhe das Programm für den tödlichen Schlag
in seine Anlage eingeben, so daß es am Montag morgen beim
Einschalten sogleich wirksam wurde, aber durch eine kurze
Stromunterbrechung am Hauptschalter wieder gelöscht werden
konnte."
Der Revolver ist immer noch auf Markus Bauer gerichtet, der
völlig unbewegt dasitzt und keinen Laut von sich gibt. Sie weiß,
daß sie jetzt eine große Verantwortung trägt. Sie hat ja in ihrer
Ausbildung gelernt, daß man in solchen Situationen mit dem
Verbrecher reden muß. Sie fragt ihn daher noch einiges; es
dünkt sie, es dauere eine Ewigkeit:
„Wieso haben Sie am Montag Hassan angerufen; kennen Sie
ihn?"
„Hassan ist doch in der ganzen Hochschule bekannt, und je-
dermann weiß, daß er scharf darauf ist, Informationen für die
Publikation in der Zeitung zu erhalten."
„Das scheint mir sehr raffiniert ausgedacht, aber warum waren
Sie dann so nahe am Tatort zugegen, sichtbar für viele?"
„Es war für mich eine Genugtuung, die Präzision meiner Inter-
vention bestätigt zu sehen, und so viele Leute und eine solche
Aufregung!"
Esther Correvon realisiert schlagartig, daß sie und Markus sich
in den Händen eines Geisteskranken befinden und daß das sehr
gefährlich ist. Bevor sie zu einer neuen Frage ansetzen kann,
hört sie ein leises Knacken im Türschloß, dann einen Schlag
und das Klirren von zerbrochenem Glas.
„Thomas Müller, jetzt haben Sie verloren!"
Esther Correvon springt auf; doch bevor sie die Hand mit dem
Revolver erreicht, dreht Thomas Müller die Waffe gegen sich
und jagt sich eine Kugel in den Kopf.
Esther und Markus fallen sich um den Hals und umarmen sich
lange und heftig vor den Augen der Bündner Polizisten. Nach

einigen Minuten trifft Hans Hofer ein, betrachtet die Szene und sagt sich: 'Jetzt verstehe ich die lange Funkstille.'

Renens, den 24. Januar 1998